JULIA METZL

Chloe am Cottesloe Beach

novum pro

www.novumverlag.com

Bibliografische Information
der Deutschen Nationalbibliothek:

Die Deutsche Nationalbibliothek
verzeichnet diese Publikation in
der Deutschen Nationalbibliografie.
Detaillierte bibliografische Daten
sind im Internet über
http://www.d-nb.de abrufbar.

Alle Rechte der Verbreitung,
auch durch Film, Funk und Fernsehen,
fotomechanische Wiedergabe,
Tonträger, elektronische Datenträger
und auszugsweisen Nachdruck,
sind vorbehalten

Gedruckt in der Europäischen Union
auf umweltfreundlichem, chlor- und
säurefrei gebleichtem Papier.

© 2022 novum Verlag

ISBN 978-3-99131-520-9
Lektorat: Susanne Schilp
Umschlagfotos: Brainstormoff,
Jakkapan Jabjainai,
Faithiecannoise | Dreamstime.com
Umschlaggestaltung, Layout & Satz:
novum Verlag

www.novumverlag.com

1. Kapitel

„Chloe, was hast du doch für ein Glück", denke ich mir, als ich auf die Wellen am Cottesloe Beach hinausschaue. Endlich sind Weihnachtsferien und ich mache es mir auf dem Strandtuch gemütlich. Der australische Sommer ist schon etwas Besonderes, von Dezember bis Februar lacht die Sonne vom Himmel. Ich wohne in Perth, das in etwa 30 Minuten mit der Bahn entfernt ist und so oft ich kann, fahre ich nach der Schule zum Cottesloe Beach zum Schwimmen, Chillen und Entspannen. Das habe ich schon als Schülerin gern gemacht und jetzt als Grundschullehrerin mit meinen 31 Lenzen ist es nicht anders.

Ich werfe einen Blick in meinen Taschenkalender, auf dem Cover sind die „Katzen des Mittelmeers" von Laurel Burch zu sehen – ich liebe diese Verzierungen in Gold- und Silbertönen. Dabei muss ich natürlich an meine süßen Kätzchen Bonnie & Clyde denken, die zu Hause bereits auf mich warten. Ein bezauberndes, ein Jahr altes Katzen-Geschwisterpaar, europäisches Kurzhaar, um genau zu sein. Bonnie mit ihrem rot-weißen Fell, ihrer abenteuerlustigen und verspielten Art erinnert mich immer an die Heldinnen meiner Kindheit, Pippi Langstrumpf und Ronja Räubertochter. Ihr Bruder Clyde könnte irgendwie mit Garfield verwandt sein, er ist zwar nicht rot wie seine Schwester oder Garfield, sondern getigert und weiß, doch was das Futtern betrifft, steht er Garfield in nichts nach. Er ist ein richtiger Schmusekater und genießt, es sich auf meinem Schoß gemütlich zu machen. Genau wie seine Schwester ist er auch verspielt und jagt am liebsten seinen Stoffmäusen, -fischen und -schafen nach, was mich immer wieder zum Lachen bringt.

Heute schreiben wir den 27. Dezember 2019 und es steht kein Termin im Kalender: Herrlich, so soll es sein, so kann es bleiben, also zumindest bis zum Ferienende.

„Ich habe mich gut eingecremt, ein bisschen vor mich hingeträumt, jetzt geh ich eine Runde schwimmen", beschließe ich und schreite sogleich zur Tat.

Das Wasser ist angenehm, nicht zu warm und nicht zu kalt, es erfrischt mich total und ich verliere komplett das Zeitgefühl. Deswegen finde ich die Ferien so toll, einfach die Seele baumeln lassen ohne jeglichen Zeitdruck. Plötzlich überrascht mich eine hohe Welle, doch ich schwimme mutig mitten hinein, ich kann einfach nicht widerstehen und schon werde ich mitgerissen. Prustend und lachend tauche ich wieder auf, das hat richtig Spaß gemacht! So, nun ist es aber genug, es ist Zeit für Zeitschriften lesen und Musik hören.

Ich kehre zurück zu meinem Platz, schnappe mir die neueste Ausgabe meiner Lieblingszeitschrift aus meiner Strandkorbtasche mit der Aufschrift „Sommer" und blättere sie durch. Interessiert lese ich eine Reportage und höre dazu auf meinem Handy über Kopfhörer „Last Day Under the Sun" von Volbeat. Meine Arbeitskollegin und mittlerweile gute Freundin Britta stammt ursprünglich aus Hamburg und lebt seit zwei Jahren in Perth, sie bringt mir immer diese Zeitschrift mit, wenn sie zuletzt in der alten Heimat war. Da ich sehr sprachbegeistert bin und nun schon seit einem Jahr versuche, mit Hilfe von Britta Deutsch zu lernen, was mir mehr oder weniger gut gelingt, hilft mir das Schmökern in der Zeitschrift jedenfalls dabei. In einer Reportage geht es um eine Frau, die Schafe züchtet, zusammen mit ihrem Mann und ihren fünf Kindern. Schafe finde ich total herzig und kann es absolut nachvollziehen, dass diese süßen Tiere ihre große Leidenschaft sind. Gleichzeitig fällt mir ein: Wenn ich meine Mutter die Zeitschrift durchblättern lasse, wird sie eher in Verzückung geraten über diese lieben fünf Kinder, die auf einem Foto zu sehen sind.

Meine Mum hat nämlich meine Trennung von Tom noch immer nicht verkraftet, obwohl ich schon im Frühling einen Schlussstrich unter diese Beziehung gezogen habe. Ich war vier Jahre mit ihm zusammen, doch Tom konnte und wollte sich einfach nicht festlegen, was mich absolut wahnsinnig gemacht hat. Wir wohnten zwar zusammen, doch er sagte immer, er wolle nie heiraten, dass sei ihm zu altmodisch. Meine Mutter meinte, ich bräuchte doch nur schwanger zu werden, dann würde er es sich schon anders überlegen.

„Ach Mama, so läuft das aber nicht mehr!", habe ich oft genug versucht, ihr das zu verklickern und auch mein Dad pflichtet mir stets bei: „Linda, nun lass sie doch! Unsere Chloe weiß schon, was sie tut, außerdem war der Kerl sowieso nicht gut genug für meine Prinzessin!" Mittlerweile habe ich mich wieder an das Singleleben gewöhnt und genieße meine Freiheiten.

Ich blinzle in die Sonne und will mir meine Sonnenbrille aufsetzen, da fällt mir ein, dass ich vorhin doch noch eine Sonnenbrille aufhatte, als ich im Meer war. Die Welle hat die Sonnenbrille offensichtlich mitgerissen, nun bleibt sie für immer im Cottesloe Beach, irgendwie eine romantische Vorstellung. Wenn ich schon nicht für immer am Cottesloe Beach sein kann, dann zumindest meine Sonnenbrille. Ich nehme mir allerdings vor, später am Strand danach zu suchen, ich will schließlich keinen Müll im Meer zurücklassen und außerdem tut es mir auch leid um meine geliebte Sonnenbrille. Nachdem ich mir mein Sonnenspray geschnappt hab, natürlich mit Lichtschutzfaktor 50 – schließlich will ich später einmal definitiv keine Lederhaut bekommen – und mich erneut eingecremt habe, blicke ich wieder hinaus auf das Meer. Da entdecke ich eine Gruppe von Kindern mit ihren Surfbrettern und einen Surflehrer, der ihnen alles beibringt.

„Ah, heute ist wieder Surfschule, das ist wirklich beeindruckend, was die Kids schon alles können!", denke ich mir.

Eine Weile beobachte ich die Truppe interessiert und natürlich auch den attraktiven Surflehrer, wie er den Kids alles geduldig zeigt, er lacht viel und scheint die Kinder gut im Griff zu haben. Er ist braungebrannt, hat einen athletischen Körper, trägt Bart und dunkles Wuschelhaar, einen Neoprenanzug in Schwarz und Blau sowie eine Sonnenbrille, ein gutaussehender Typ, keine Frage. Der Surfunterricht scheint um zu sein, denn die Kinder stürmen den Strand, doch ein Kind läuft genau auf mich zu, mit dem Surflehrer im Schlepptau ...

„Ach du meine Güte, das hat mir gerade noch gefehlt", denke ich mir und zupfe meinen roten Bikini mit den weißen Polka Dots zurecht und werfe meine rot-braune Lockenmähne hinter mich. Ich habe mir eigentlich vorgenommen, fünf Kilo abzunehmen, doch nach der Trennung war das Eis zu verlockend, tja, was soll ich sagen, es fehlen nur noch sieben Kilo zum Traumgewicht. „Egal, ich werde einfach so oft ich kann schwimmen gehen und mein Leben weiterhin genießen, ich bin nun mal, wie ich bin, eine Frau mit Kurven, die das Leben liebt!", stelle ich fest und setze mich im Schneidersitz auf mein Strandtuch. Plötzlich erkenne ich das Kind, das auf mich zugelaufen kommt, es ist Brian aus meiner Klasse.

„Miss Johnson! Haben Sie gesehen, wie gut ich schon surfen kann? Das ist übrigens Nick, mein Surflehrer!", ruft er aufgeregt.
„Ja, Brian, das machst du hervorragend!", ermutige ich ihn.
„Hi, ich bin Chloe Johnson, Die Grundschullehrerin von Brian", stelle ich mich dem Surflehrer vor.
„Hi, Miss Johnson!", grinst dieser von einem Ohr zum nächsten. „Freut mich! Brian und ich haben da was beim Surfen entdeckt", erklärt er und hält mir meine Sonnenbrille vor die Nase.
„Oh, wow, das ist ja wunderbar!", rufe ich und falle ihm in meiner stürmischen Art gleich um den Hals und spüre, dass ich vor Aufregung ein kleines bisschen erröte.
Um diese Verlegenheit zu kaschieren, sage ich zu meinem achtjährigen Schüler:
„Brian, vielen Dank!" Brian erwidert stolz: „Ich habe Sie vorhin im Wasser gesehen und mir ist aufgefallen, dass die Welle Ihre Sonnenbrille mitgenommen hat. Da habe ich zu Nick gesagt: ‚Wir müssen die Sonnenbrille retten und Miss Johnson zurückbringen!'"

„Ich bin begeistert, Brian! Herzlichen Dank nochmals für die Rettung meiner Sonnenbrille, das bedeutet mir sehr viel. Bitte kauf dir ein Eis, das ist dein Finderlohn!", bedanke ich mich und stecke ihm ein bisschen Geld zu.

„Das sagen wir aber nicht deiner Mama, großes Ehrenwort, okay?", zwinkere ich ihm noch zu.

Brian strahlt über das ganze Gesicht: „Großes Ehrenwort, versprochen! Danke, Miss Johnson!" Glücklich stapft er davon, um sich ein Eis zu holen.

Der Surflehrer Nick lacht nun herzhaft: „Ach, hätte ich damals doch auch nur so eine coole Lehrerin gehabt." Bilde ich mir das ein oder flirtet er etwa mit mir? Nein, das kann nicht sein, ich bin sicher nicht sein Typ. Ihm laufen wahrscheinlich die Frauen hinterher und er will einfach nur freundlich sein, weil sein Surfschüler Brian darauf bestanden hatte, mir die Sonnenbrille zurückzubringen.

„Naja, Brians Mutter ist so ein Gesundheitsapostel, wenn die erfährt, dass ich Brian ein Eis gekauft habe, dann kann ich mir aber was anhören beim nächsten Elternsprechtag", plappere ich munter drauflos.

„So so, Miss Johnson. Na, dann man sieht sich!", grinst er mich an, winkt mir zu und geht mit seinem Surfbrett in Richtung der anderen Kinder.

Was habe ich da nur für einen Schwachsinn von mir gegeben? Kein Wunder, dass der Typ gleich die Flucht ergreift ... Ich schnappe mir meine Kopfhörer und will wieder Musik hören, da dreht er sich tatsächlich nochmal um und sagt:

„Ach so, ich bin übrigens Nicholas Wilson, aber alle nennen mich Nick. Ich muss jetzt wieder zu den Kids zurück. Morgen bin ich auch wieder hier, der Kurs läuft die ganzen Weihnachtsferien."

„Hey Nick, alles klar, dann bis bald. Hang loose!", versuche ich so lässig wie möglich zu erwidern und lächle ihn dabei an. Ich bereue schon fast, dass ich das gesagt habe, denn ich habe mal gelesen, dass sich Surfer so grüßen und es so viel bedeutet wie „immer locker bleiben", aber ich bin ja kein Surfer-Girl.

Als Nick zurücklächelt und das Shaka-Zeichen[1] macht – hierbei werden der Daumen und der kleine Finger ausgestreckt und die anderen drei Finger wie bei einer Faust eingeknickt –, bin ich beruhigt und mache das Shaka-Zeichen ebenfalls zum Abschied. Nick widmet sich wieder seinen Surfschülern und ich springe auf und gehe ins Meer, ich muss mich dringend abkühlen, mir ist plötzlich ganz schön heiß geworden …

---

1 Quelle: https://de.wikipedia.org/wiki/Shaka_(Zeichen)

2. Kapitel

Die Erfrischung war einfach fantastisch und die habe ich auch gebraucht nach der aufregenden Begegnung mit dem Surfer Nick. Ich werfe einen Blick auf mein Handy, es ist bereits 16:00. Na, dann werde ich zusammenpacken und mich langsam auf dem Heimweg machen, ich vermisse meine Kätzchen Bonnie & Clyde und die beiden warten sicher schon sehnsüchtig auf ihre Raubtierfütterung.

Ich packe meine Sachen in die Badetasche, ziehe mir mein Jeanskleid über den Bikini an und spaziere in Richtung Bahnhof. Nick sehe ich übrigens nicht mehr, der wird wohl schon weg sein, ich bin ja doch ziemlich lang im Meer gewesen. Schade eigentlich, aber wer weiß, vielleicht begegnet er mir ja demnächst wieder am Cottesloe Beach, das hoffe ich jedenfalls …

Am Bahnhof in Perth angekommen, nehme ich den Bus zu meinem Apartment. Die Busse fahren in Perth im Ortszentrum gratis für alle, sowohl für die Einheimischen als auch für die Touristen, und dafür bedanken sich die Leute beim Ausstieg beim Buschauffeur, was für mich ganz normal ist. Britta meinte, in Hamburg würde dir der Busfahrer oder die Busfahrerin vielleicht den Vogel zeigen und dich fragen, was du heute wohl genommen hast, wenn man sich bei ihm oder ihr bedankt, was mich immer zum Schmunzeln bringt. So ganz kaufe ich ihr das nicht ab, sie wirkte am Anfang auch unterkühlt und als ich sie dann besser kennenlernte, war sie der warmherzigste und liebste Mensch, der mir je begegnet ist. Ich vermisse sie schon jetzt! Ich gönne ihr den wohlverdienten Heimaturlaub mit ihrem Mann Dennis in Hamburg. Britta ist zu Dennis nach Perth gezogen, dafür begleitet Dennis sie in seinem Urlaub in ihre Heimat Hamburg. Ich bin gespannt, was sie nach ihrer Rückkehr von Deutschland berichten wird, denn ich hatte mir vorgenommen, die beiden nächstes Jahr mal nach Hamburg zu begleiten.

Als ich zur Tür hereinkomme, laufen mir Bonnie & Clyde schon entgegen und umschmeicheln meine Beine. Ich liebe es, wenn sie das machen und spreche viel mit ihnen und streichle sie. Jetzt gibt es erst mal frisches Futter für die beiden Süßen und ich schalte das Radio ein. Genüsslich schlecken sie ihr Abendessen und währenddessen öffne ich die Balkontüre und schaue nach draußen. Selbstverständlich verfügt der Balkon über Katzengitter, damit meine herzigen Kätzchen auch nach draußen können. Dort haben sie sogar einen Outdoor-Kratzbaum mit einem echten Baumstamm und eine kleine Katzenhängematte – ja, ich weiß, ich verwöhne die beiden sehr, aber sie sind ja meine Fellkinder.

Ich werfe Gnocchi in Kräutersauce aus dem Tiefkühlfach in eine Pfanne und erhitze dieses Gericht auf dem Herd. Bonnie & Clyde schnurren mittlerweile und haben es sich auf ihrem Schlafplatz im Wohnzimmer gemütlich gemacht.

Ich schalte den Herd aus und warte etwas, bis das Essen ausgekühlt ist. Am liebsten esse ich lauwarm, was viele Menschen nicht verstehen, aber das ist wohl eine Macke von mir. Mein Handy klingelt und ich schaue auf das Display, um zu sehen, wer es ist. Als ich das Wort „Dad" erblicke, freue ich mich und hebe sogleich ab:

„Hallo Dad. Schön, dass du anrufst! Wie geht's dir?"

„Gut, meine Prinzessin, wie geht's dir? Ich hoffe, ich störe dich nicht gerade?"

„Bestens, ich war am Cottesloe Beach schwimmen, bin vorhin nach Hause gekommen und warte jetzt, bis mein Essen ausgekühlt ist."

„Das ist meine Chloe. Lass es dir gleich schmecken! Ich wollte nur fragen, ob du morgen zu uns kommst."

„Natürlich Dad, der 28. Dezember ist ja ein fixer Treffpunkt. Ich freue mich auf das Essen bei euch!"

„Wir freuen uns auch schon auf dich! Sei so um 13:00 da, ja? Warte, was sagst du – ok, ich frage sie. Mum lässt fragen, ob du jemanden mitbringst."

Ich seufze, das ist wieder typisch für meine Mutter.

„Ich kann gern Bonnie & Clyde mitnehmen, falls sich Mum auf Gäste eingestellt hat", entgegne ich sarkastisch.

„Ist schon gut, Schätzchen, sie wollte es ja nur wissen. Also dann, bis bald, meine Süße, hab dich lieb!"

„Ich dich auch, Dad, bis morgen!" Ich lege auf und nun hat mein Essen genau die richtige Temperatur. Aus dem Kühlschrank schenke ich mir noch ein Nirvana Coconutwater ein – ich finde sowohl die Band, als auch das Coconutwater namens Nirvana toll –, schnappe mir einen Teller und setze mich auf den Balkon. Bonnie & Clyde haben sich zu mir gesellt und chillen nun in ihrer Katzenhängematte. Im Innenhof unten spielen ein paar Kinder in ihrer Sandkiste, ich esse meinen Teller leer und hole mir noch Nachschub, schließlich war ich ja heute schon schwimmen.

Danach mache ich es mir auf der Couch gemütlich und schaue mir auf Netflix eine Romantic Comedy an. Natürlich will die wilde Bonnie wieder spielen, also werfe ich ihr meine Kontaktlinsenbehälter von heute zu, worauf sie sich wie immer freudig stürzt. Ich trage nämlich Tageslinsen und entnehme diese täglich einem kleinen Plastikbehältnis. Nachdem ich sie eingesetzt habe, werfe ich es Bonnie zu. Es klingt verrückt, aber sie ist süchtig nach diesem kleinen Plastikteil. Sie jagt es durch die ganze Wohnung, nimmt es in ihr Mäulchen und legt es mir auf die Füße, ich werfe es ihr zu und so geht es, bis sie sich erschöpft in die kleine Kartonschachtel legt, die im Wohnzimmer steht. Wenn ich mir etwas im Internet bestelle, dann hebe ich immer einen Karton auf, weil ich ja weiß, dass die beiden so gern darin schlafen. Mein Schmusekater Clyde hat es sich mittlerweile auf meinem Schoß gemütlich gemacht und ich kann den Film in Ruhe zu Ende schauen.

Die Kätzchen schlafen brav, also geh ich ins Bad, putze mir die Zähne und mache mich bettfertig. Die Schlafzimmertür mache ich hinter mir zu, damit ich eine ruhige Nacht habe. Selbstverständlich dürfen Bonnie & Clyde auch im Schlafzimmer mit mir kuscheln, aber am liebsten, wenn ich aufwache. Sie sind nachtaktiv und ab 23:00 tollen sie gern herum und spielen Nachlaufen bis 4 Uhr in der Früh.

Vor dem Schlafengehen denke ich an die Begegnung mit Nick und kann nicht leugnen, dass ich ein gewisses Prickeln gespürt habe. Schon bald schlafe ich friedlich ein. Plötzlich wache ich auf, natürlich weil Bonnie herzzerreißend miaut. Ich checke mein Handy und sehe, dass es 6 Uhr ist. Zumindest hat sie nicht schon wie sonst üblich um 4:00 in der Früh damit begonnen. Im Alltag ist das ganz hilfreich, meistens stehe ich dann schon auf, richte ihnen und mir Frühstück, setzte mich noch eine halbe Stunde auf den Hometrainer und höre Musik, gehe duschen oder lese etwas, bevor ich mich anziehe und in die Schule gehe. Diese Morgenstunden sind wirklich angenehm und so starte ich immer entspannt in den Tag.

Ich mache die Schlafzimmertür auf und auch mein Herz geht auf: Bonnie & Clyde sitzen beide vor meiner Schlafzimmertür, begrüßen mich, umschmeicheln meine Beine und schnurren, ich lege mich ins Bett und sie kommen zu mir. Clyde legt sich auf meinen Schoß und Bonnie setzt sich auf mein Nachtkästchen. Ich finde es immer so bezaubernd, dass der Schmusekater Clyde so ein Gentleman ist und immer ganz ruhig überall auf mich wartet: vor der Schlafzimmertür, vor der WC-Tür oder vor dem Badezimmer. Bonnie macht sich immer lautstark bemerkbar und maunzt und miaut – ich weiß, sie will mit mir kommunizieren und erzählt mir gerne was. Außerdem ist es ihr Lieblingshobby, bei mir im Badezimmer zu sein. Sie setzt sich immer auf den Badewannenrand, wenn ich mich dusche und nicht nur einmal ist sie schon todesmutig hineingesprungen, nur um dann nass zu werden und rasch wieder herauszuspringen. Danach hinterlässt sie eine Wasserpfütze und putzt und wäscht sich ausgiebig.

Heute kuscheln wir drei noch etwas, ich schalte das Radio ein und höre wie immer meinen Rock Channel, ich stehe nämlich auf den Gitarrensound. Bei romantischen Pop-Balladen in aller Früh würde ich sofort wieder einschlafen. Doch heute ist es so gemütlich und meine Kätzchen wieder so friedlich, dass mir trotzdem wieder die Augen zufallen. Plötzlich träume ich vom Cottesloe Beach und sehe Nick deutlich vor meinen Augen. Er lächelt mich an und sagt: „Das wollte ich schon vom ersten Moment an machen!" Er nimmt mein Gesicht in seine Hände und küsst mich zunächst zärtlich, dann immer wilder und leidenschaftlicher. Wir können gar nicht genug voneinander bekommen, ich spüre schon seine Hand auf meinem Oberschenkel, doch dann … MIAU!! MIAU!!! Und schon bin ich hellwach.

Zu gern hätte ich gewusst, wie mein Traum wohl weitergegangen wäre … Ich nehme mein Handy und sehe, dass es nun 8 Uhr ist. Ach, meine armen Kätzchen, was bin ich doch nur für eine Rabenmutter, dass ich die beiden Süßen so verhungern lasse! Moment mal, das stimmt ja nicht so ganz: Auf ihrem Futterplatz steht immer Trockenfutter bereit und natürlich frisches Wasser, davon bedienen sie sich gerne in der Nacht. Nun ist es an der Zeit für frisches Nassfutter. Ich stehe auf und Clyde läuft aufgeregt voran in die Küche, wo sie ihren Futterplatz haben. Bonnie trottet gemütlich hinterher. Sie ist ja eine Lady und nicht so verfressen wie mein Schmusebär Clyde. Ich mache die Lade mit den Futtersachen auf und Clyde umschmeichelt mich. Im Anschluss fülle ich den beiden frisches Futter in ihre Näpfe und tausche auch das Wasser aus. Bonnie nimmt ein paar Häppchen und spaziert dann wieder stolz durch die Wohnung.

Ich verstehe, warum es bei den Models am Laufsteg Catwalk heißt, so geschmeidige Bewegungen wie meine Bonnie macht, das ist echt faszinierend zu beobachten. Mein lieber Clyde futtert ordentlich, aber Gentleman, wie er nun einmal ist, lässt er immer etwas für sein Schwesterlein übrig. Er weiß ja ganz genau, dass sie in einer oder zwei Stunden wieder ein Häppchen nimmt. Ich mache selbstverständlich auch gleich das Katzenklo sauber und Bonnie beobachtet mich interessiert dabei. Genau als ich fertig bin, setzt sie sich darauf, das war ja so klar.

„Die Königin ist nun wieder auf ihrem Thron, alles klar!", sage ich zu ihr und muss schmunzeln. Nachdem ich das Katzenklo erneut gesäubert habe, wasche ich mir gründlich die Hände, mache mir Tee und ein Müsli. Dann ziehe ich noch ein frisches T-Shirt und Shorts sowie meine Flip-Flops an und setze mich auf den Balkon. Die Kätzchen folgen mir und turnen auf dem Kratzbaum am Balkon herum. Selbstverständlich ist auf meinem Balkon Katzengitter angebracht, sodass ihnen nichts passieren kann. Das hat mein Ex noch gemacht, wofür ich ihm sehr dankbar bin – er hatte schließlich auch seine guten Seiten.

Nach dem Frühstück schalte ich den Fernseher ein, lasse mich von einer Sitcom berieseln und mache dazu ein paar Runden auf dem Hometrainer. Das ist echt praktisch, ein bisschen zu radeln, während man fernsieht oder eine spannende Serie auf Netflix schaut, so merkt man es kaum. Als ich ins Schwitzen komme, denke ich, dass ich mir nun eine Dusche verdient habe und gehe ins Badezimmer. Nachdem ich fertig bin, frage ich mich, was ich bloß anziehen soll. Ich wickle mir ein Handtuch um meinen Körper und inspiziere meinen Kleiderschrank. Schließlich entscheide ich mich für ein schwarzes, ärmelloses Oberteil, einen roten Rock, der mir bis über die Knie reicht, meine schwarze Handtasche und die roten Sandalen.

„So Bonnie & Clyde, jetzt seid ihr wieder die Chefs in unserer Bude!", verkünde ich, denn es ist bereits 12:30 und ich mache mich auf den Weg zu meinen Eltern.

Sie wohnen nicht allzu weit entfernt, ich kann gemütlich zu ihnen spazieren, sodass ich Punkt 13:00 da bin. Wenn ich den Bus nehme oder mit dem Rad fahre, brauche ich zum Beispiel nur zehn Minuten.

3. Kapitel

„Du bist du ja, meine Prinzessin!", begrüßt mich Dad und wir umarmen uns.

„Komm rein, Chloe! Hübsch bist du heute. Naja, es würde dir nicht schaden, ein paar Kilos abzunehmen, aber trotzdem ein schönes Outfit!", stellt meine Mutter fest.

„Freu mich auch dich zu sehen, Mum!", erwidere ich höflich und ziehe mir meine Sandalen aus. Die Kommentare von meiner Mutter zu meiner Figur nehme ich längst nicht mehr persönlich. Das hat angefangen, als ich ein Teenager war und sie hat es durch ihre Bemerkungen geschafft, dass ich sämtliche Diäten ausprobiert habe, um ihr zu gefallen. Bis ich festgestellt habe, dass ich eine erwachsene Frau bin und es mein Leben ist, ganz egal was sie davon hält. Seitdem lebe ich wesentlich entspannter und ihre abfälligen Kommentare lassen mich mittlerweile relativ kalt. Außerdem hat sich bisher keiner meiner Freunde über meine Figur beschwert, ganz im Gegenteil, die waren immer hellauf begeistert von meinen Kurven und ganz vernarrt in meinen Lockenkopf.

Plötzlich muss ich grinsen, als mir die Begegnung mit Nick wieder einfällt. Ich wette, wenn ich es darauf anlegen würde, könnte ich ihn glatt verführen. Blöd nur, dass ich keine schnelle Nummer will, sondern insgeheim auf der Suche nach der großen Liebe bin – was ich meinen Eltern allerdings niemals verraten würde. Als könnte sie meine Gedanken lesen, faselt meine Mum munter weiter: „Du strahlst ja so, bist du etwa verliebt? Ich hatte ja schon geglaubt, du kommst in Begleitung …"

„Linda, das hatten wir doch schon, reiß dich bitte zusammen, wir wollen doch einen entspannten Nachmittag zusammen verbringen!"

Ich gebe meinem Dad ein Küsschen auf die Wange, er hält immer zu mir. Seit ich denken kann, war ich immer schon ein

Papakind. Ist meine Mutter etwa eifersüchtig auf die innige Beziehung zwischen meinem Vater und mir?

Sie hatte meinen Dad damals mit 28 in einer Bar kennengelernt, als sie mit Freunden unterwegs war. Er hatte sie angesprochen, als sie von der Toilette zurückkam und wieder zu ihrem Tisch wollte. Ich habe Fotos von damals gesehen: Meine Mutter war eine hübsche Blondine mit einer tollen Figur und einem süßen Gesicht. Mein Dad eher der Durchschnittstyp: dunkle Haare, etwas übergewichtig und er trug schon damals eine Brille, aber er ist sehr klug, charmant und kann wahnsinnig witzig sein und er konnte meine Mum schnell um den Finger wickeln. Kurze Zeit später war sie schon schwanger und wie es damals so üblich war und weil mein Vater ein anständiger Kerl ist, hat er ihr natürlich einen Antrag gemacht und die beiden haben kurz vor meiner Geburt geheiratet. Meine Mum hatte mit 29 Jahren alles erreicht, was sie immer wollte: verheiratet zu sein und ein Kind zu haben.

Zunächst konnten sie sich nur eine Wohnung leisten, aber als ich drei Jahre alt war, sind wir in ein Haus umgezogen. Meine Mutter war somit am Ziel ihrer Träume. Zwischen Dad und mir herrschte von Anfang an eine wunderbare Chemie, ich bin ihm in vielen Punkten sehr ähnlich. Ich denke, meine Mum war es einfach nicht gewohnt, dass sie durch ein Kind nicht mehr selbst im Mittelpunkt stand, so wie sie es von ihrem bisherigen Leben kannte. Sie hat sich immer über ihr Äußeres definiert, hatte stets viele Verehrer und gefiel sich in der Rolle der hübschen Linda. Sie ist auch heute noch eine attraktive Frau, obwohl sie sich mit ihren bald 60 Jahren sehr über ihre Falten beschwert, aber ihr Gewicht hält sie eisern und sie geht häufig zum Frisör und lässt sich ihr Haar blondieren. Jedes Jahr an ihrem Hochzeitstag probiert sie ihr Hochzeitskleid an und ich darf dann diesen Moment mit meiner Kamera festhalten. Dad ist natürlich stolz auf seine schöne Frau und war ihr in all den gemeinsamen Jahren stets ein guter Ehemann.

Ich habe meine Mutter immer für ihre eiserne Disziplin bewundert, aber hätte mir schon gewünscht, dass sie mit mir mal ein Stück Geburtstagskuchen isst oder mehr mit mir herumalbert. Sie gönnt sich nur einmal im Jahr etwas Besonderes am Valentinstag, wenn Dad sie groß ausführt. Ich bete zu Gott, dass ihr auch heuer wieder das Hochzeitskleid passt, denn sonst tobt ein Tornado namens Linda Johnson durch Perth.

Mittlerweile habe ich bei meinen Eltern im Esszimmer Platz genommen. Ich blicke mich um und entdecke auf der Kommode viele Fotos von mir: ein Babyfoto, ein Bild von meinem ersten Schultag und Mum, Dad und ich bei Ausflügen auf Rottnest Island[2]. Dies ist eine kleine Insel in der Nähe von Perth in Western Australia. Obwohl diese Insel nur elf Kilometer lang und 4,5 Kilometer breit ist, ist sie ein beliebtes Ausflugsziel für Familien. Wir fuhren stets mit der Fähre hin und machten sehr oft Tagesausflüge und erkundeten die Insel mit dem Fahrrad. Selbstverständlich haben wir auch immer Quokkas auf Rottnest Island gesehen. Ein Quokka[3] ist ein Kleinkänguru und das glücklichste Tier auf Erden: Es sieht stets so aus, als würde es lächeln. Diese Tierchen sind so putzig, dass sie mittlerweile regelrecht zu Touristenmagneten geworden sind und es gilt als Volkssport, ein Quokka-Selfie zu machen, also sich mit einem Quokka zu fotografieren. Selbst Stars wie Chris Hemsworth, Margot Robbie, Roger Federer, Shawn Mendes oder Kylie Minogue haben stolz ein Quokka-Selfie gepostet. Ich wurde schon von klein auf mit den Quokkas fotografiert und natürlich habe ich auch etliche Quokka-Selfies gemacht. Ich liebe einfach alle Tiere, ob es nun meine Kätzchen Bonnie & Clyde oder die australischen Quokkas sind.

---

2 Quelle: https://de.wikipedia.org/wiki/Rottnest_Island
3 Quelle: https://de.wikipedia.org/wiki/Quokka

Als Kind hatte ich mir oft gewünscht, einen Bruder oder eine Schwester zu haben, meine Eltern haben mir stattdessen einen schwarzen Kater zur Einschulung geschenkt. Ich war sofort verliebt und taufte ihn Mr. Sweety, deshalb sind auch im ganzen Haus Bilder von mir und Mr. Sweety verteilt. Als ich 19 Jahre alt war, ist Mr. Sweety von seinen Steifzügen durch den Garten nicht mehr wieder nach Hause gekommen. Da war ich natürlich am Boden zerstört – darum passe ich bei Bonnie & Clyde so extrem auf, wenn sie am Balkon sind. Wenn ich nicht zu Hause bin, sind die Balkontür und alle Fenster stets verschlossen, ich könnte es nicht verkraften, wenn meinen Süßen etwas zustößt.

Meine Gedanken werden vom Duft des lecker gegrillten Barramundi unterbrochen, mein Dad hat sich offensichtlich wieder mal selbst übertroffen. Am 28. Dezember macht er diesen Fisch immer für uns und ich finde das wunderbar. Er genießt es, im Garten zu grillen, meine Mum besteht aber darauf, dass wir im Esszimmer dinieren, sie gibt sich immer solche Mühe mit der Tischdeko und will nicht, dass der Wind alles davonträgt. Meine Mum verteilt den Salat und die Brötchen und ich schnappe mir noch eine BBQ-Sauce. Dazu trinken wir alle Ingwer-Bier und ich erzähle meinen Eltern vom Cottesloe Beach und dass ich vorhabe, in den Weihnachtsferien so oft wie möglich dort schwimmen zu gehen. Natürlich ahnen sie nicht, dass ich mir nichts sehnlicher wünsche, als den Surfer Nick wiederzusehen.

Zum krönenden Abschluss gibt es noch Pflaumenpudding, unsere Weihnachtstradition – also mein Dad und ich langen kräftig zu und Mum freut sich, dass es uns schmeckt. Ich bin froh, dass sie mir jetzt gerade keinen Vortrag über meine Figur hält, sondern glücklich darüber ist, dass ich ihre Kochkünste lobe.
 Ich helfe meinen Eltern beim Abräumen und wir setzen uns alle gemütlich auf die Couch zum Fernsehen. Natürlich läuft gerade wieder eine Wiederholung der australischen Daily Soap „Neighbours", aber das ist eher nebensächlich. Wir genießen die Zeit miteinander und reden über Gott und die Welt. Als es

17 Uhr ist, meint Dad: „So, ich habe wieder Gusto auf was zum Essen, wie sieht's mit euch aus, Mädels?"

„Nicht für mich, Liam, danke dir, mein Schatz! Wie sieht's bei dir aus, Chloe?"

„Danke Mum und Dad für das tolle Essen, aber ich werde mich jetzt auf den Heimweg machen. Bonnie & Clyde sind sicher auch schon am Verhungern!"

„Na gut, meine Prinzessin, aber nimm dir doch noch etwas vom Pflaumenpudding mit. Sonst schimpft deine Mum wieder mit mir, dass ich den ganz allein aufgegessen habe!"

„Ach Dad, sie macht sich doch nur Sorgen über deine Werte. Was meinst du, Mum, soll ich was davon mitnehmen?"

„Natürlich bekommst du was mit, meine Chloe, aber ich empfehle dir, erst morgen wieder was davon zu essen, du hattest heute auch schon genug davon!"

Dad und ich schauen uns an und antworten ihr beide synchron:

„Yes, Sir!"

Mum verdreht die Augen und geht in die Küche, um mir eine Portion zum Mitnehmen herzurichten. Dad und ich lachen und liegen uns in den Armen – manche Weihnachtstraditionen ändern sich offensichtlich nie.

★★★

In meinem Wohnhaus angekommen, begegnet mir zufällig meine Nachbarin Katie von gegenüber, die ich sehr gern habe, unten bei den Postfächern. Katie ist ein lebenslustiger Single und die Feste in ihrer Wohnung sind immer legendär, deshalb freue ich mich umso mehr, als sie sagt: „Chloe, meine Hübsche, wie geht's? Was machst du zu Silvester? Bei mir steigt eine Party und falls du noch nichts vorhast, lade ich dich gern dazu ein!"

„Hey Katie, schön dich zu sehen! Also um ehrlich zu sein, habe ich noch keine Pläne für Silvester. Vielen Dank für die Einladung, ich komme gerne zu deiner Party!"

„Wunderbar, das ist fein! Wenn du magst, kannst du jemanden mitbringen – egal ob Freund oder Freundin, aber nicht mehr als eine Person, sonst hätten wir ein kleines Platzproblem."

„Oh, lieb von dir! Ich komme alleine, du weißt ja, ich bin von Tom getrennt und meine beste Freundin und Arbeitskollegin Britta ist gerade mit ihrem Mann in Hamburg."

„Alles klar, ja sicher! Und falls dir doch noch spontan wer einfällt, der mitkommen soll zu meinem Silvester-Fest, kein Ding, dann gib mir einfach Bescheid!"

„Klar, mach ich, lieb von dir, danke dir! Ich melde mich, falls sich was ändern sollte. Selbstverständlich nehme ich was Gutes zum Trinken mit!"

„Ja Süße, das ist perfekt! Schließlich sollte uns der Sekt auf keinen Fall ausgehen. Ich werde schon genügend einkaufen, aber man weiß ja nie! Schließlich wollen wir es krachen lassen und 2019 gebührend beenden und 2020 so richtig feiern!"

„Du sagst es! Na, dann wünsch ich dir einen schönen Abend! Ich werde mal nachsehen, was Bonnie & Clyde schon alles in der Wohnung angestellt haben!"

„Tu das, Süße! Grüße mir die süßen Fellnasen! Bis bald!"

Wir geben uns ein Küsschen auf die Wange und ich gehe die Stiegen hinauf zu meiner Wohnung in den vierten Stock. Ich habe mir angewöhnt, den Lift nur dann zu nehmen, wenn ich viel zu schwere Einkaufstaschen trage, ansonsten nehme ich die Treppen.

Wie immer steigt die Vorfreude, meine herzigen Fellkinder Bonnie & Clyde zu sehen und mit ihnen einen entspannten Abend zu verbringen. Morgen werde ich wieder zum Cottesloe Beach schauen und insgeheim hoffe ich, dass ich Nick wiedersehe. Mein Herz schlägt höher, als ich ihn mir vorstelle, wie er mich anlächelt. Was für ein schöner Mann! Vielleicht zu schön, um wahr zu sein?

4. Kapitel

„Baby, I'm back!" Und damit meine ich meinen geliebten Cottesloe Beach. Ich schwimme im Meer und bin rundherum glücklich, verliere jegliches Zeitgefühl und träume vor mich hin. Aus einiger Entfernung ruft Brian: „Hallo, Miss Johnson!"

„Hallo Brian! Viel Spaß bei der Surfstunde!"

„Danke, Miss Johnson!"

Bilde ich mir das ein oder sieht Nick zu mir rüber? Ich bin verwirrt, lächle einfach und zwinkere ihm zu. Nick zwinkert zurück und zeigt seinen Surfschülern dann, wie man am Surfbrett richtig kniet oder sitzt und dann aufspringt, wenn die perfekte Welle kommt.

Heute habe ich mir extra meinen schwarzen Bikini angezogen, dieser hat einen raffinierten Schnitt und mein üppiger Busen kommt damit voll zur Geltung. Als ich zwölf Jahre alt und das erste Mädchen in meiner Klasse war, das Brüste bekam, da genierte ich mich dafür und zog extraweite T-Shirts an. Heute stehe ich zu meiner Weiblichkeit und fühle mich wohl in meiner Haut. Irgendwie werde ich übermütig und versuche, einen echten Bond-Girl-Abgang aus dem Meer an den Strand hinzulegen. Jedenfalls bewege ich mich langsam und genussvoll – die Sonne und das Meerglück, mehr braucht es für mich nicht, um happy zu sein, hinter mir höre ich, wie jemand ins Wasser fällt. Ich werfe einen kurzen Blick zurück und sehe, dass Nick von seinem Surfbrett gefallen ist und seine Kids lachen. „Seht ihr, der Spaß ist beim Surfen das Wichtigste, mal bleibt man am Brett, dann erfrischt man sich im Meer!", verkündet er lächelnd.

Ich muss auch lächeln und freue mich, dass ich offensichtlich eine Wirkung auf ihn habe, jetzt habe ich ihn am Haken. Ab sofort versuche ich, all meine Unsicherheiten abzulegen und diesen Flirt mit Nick zu genießen.

Darum mache ich es mir auf meinem Strandtuch gemütlich, schließe die Augen und lasse mich sonnen. Kann sein, dass ich etwas weggedöst bin, denn plötzlich steht Nick vor mir. „Hi Chloe! Schön, dass du heute wieder da bist!"

„Hi Nick. Ja klar, der Cottesloe Beach ist mein favourite place to be in den Weihnachtsferien."

„Das glaub ich dir aufs Wort! Vorhin habe ich dich gesehen, wie du aus dem Meer rausgegangen bist und ich war so abgelenkt, dass es mich glatt vom Board geschmissen hat. Das passiert mir so gut wie nie."

„So so, na vielleicht hast du heute ein paar Bier zu viel getrunken?"

„Aber nein, das Bier gibt's erst nach Feierabend, so wie jetzt. Hast du Lust, mich zu begleiten zum Strandcafé?"

„Ja sicher, warum nicht."

Ich ziehe mein schwarzes Kleid über und schnappe mir Handy, Schlüssel und Geldbörse und spaziere mit Nick zum Strandcafé. Schon komisch, in dem Moment, als ich beschlossen habe, meine Komplexe abzulegen, da kommt er einfach auf mich zu.

„Einen Prosecco und ein Bier bitte", bestellt Nick für uns.

Wir suchen uns einen schönen Platz aus, im Schatten unter einem Sonnenschirm mit Blick auf die Wellen.

„Danke, Nick!"

„Gerne, cheers!"

„Cheers! Ah, das tut gut!"

„Oh ja! Gestern habe ich dich gar nicht hier gesehen?"

„Gestern war ich bei meinen Eltern zum Essen eingeladen – eine Johnson-Familientradition."

„Verstehe, Familie ist das Wichtigste überhaupt, da gebe ich dir absolut Recht!", sagt er voller Überzeugung und mit einem Strahlen im Gesicht.

Es ist für mich eher ungewöhnlich, dass einem Mann seine Familie so wichtig ist, das kannte ich von meinen bisherigen Freunden nicht. Ich entdecke eine sensible Seite an ihm, die mir gefällt.

„Kaum zu glauben, dass schon bald Silvester ist! Meine Nachbarin hat mich zu ihrer legendären Party eingeladen, da freue ich mich echt schon darauf. Was machst du eigentlich zu Silvester?"

„Och, ich verbringe den Tag mit meiner Familie, aber am Abend, so ab 20:30 hätte ich Zeit."

„Magst du vielleicht auch zur Party meiner Nachbarin Katie kommen? Sie meinte, ich kann jemanden mitbringen. Sie lädt mehrere Leute ein, es gibt natürlich viel zu trinken und Katie weiß echt, wie mein ein ordentliches Fest schmeißt!"

„Das klingt echt genial, danke für die Einladung! Ja, da würde ich gerne mitkommen. Wäre es dir zu spät, wenn ich dich doch erst so um 21:00 abhole? Dann hätte ich nicht so einen Stress, um von meiner Familie wegzukommen."

„21:00 ist perfekt! Es wäre auch kein Problem, wenn wir erst um 22:00 bei Katie sind, die sieht das locker!"

„Super, das freut mich! Verrätst du mir deine Handynummer? Dann kann ich dir eine WhatsApp schreiben, wenn ich mich auf den Weg zu dir mache."

Ich bin echt beeindruckt, ich hätte ihn gar nicht als so verlässlich eingeschätzt. Da fällt mir ein, was wir Menschen doch immer wieder für Vorurteile haben. Bloß weil er Surfer ist, heißt das ja noch lange nicht, dass er nicht ein zuverlässiger Mensch sein kann.

Wir tauschen Handynummern aus und weil wir beide Hunger haben, bestellt er sich einen Burger mit Pommes und ich nehme das Club-Sandwich. Wir reden über Gott und die Welt und er erzählt mir, dass ihm ein Surf-Shop in Perth gehört, er es nach wie vor liebt zu surfen und selbst auch gern unterrichtet, am liebsten die Kids, weil sie so mutig sind und schnell lernen. Da haben wir etwas gemeinsam, denn ich finde es auch immer inspirierend, meine Kinder zu unterrichten und sie für das Leben vorzubereiten. Natürlich erzähle ich ihm auch von meinen Stubentigern Bonnie & Clyde und ich bin sehr erleichtert darüber, dass er Katzen mag und ein Foto sehen will. Ich suche das Bild auf meinem Handy, wo sie am Balkon in ihrer Katzen-Hängematte liegen und zeige es ihm.

„Oh, wie niedlich die zwei sind! Hang loose, Bonnie & Clyde!"

„Danke dir, aber unterschätze die beiden mal nicht, die können auch ganz schön schlimm sein."

„Da muss ich mich wohl fürchten, wenn ich dich zu Silvester abholen komme."

„Mal sehen – könnte auch sein, dass sie sich verstecken, das weiß man bei den beiden nie so genau."

„Dann lassen wir uns überraschen! Du, ich muss nun los, wieder zurück nach Perth. Ich bin mit dem Auto da, magst du noch hier bleiben am Cottesloe Beach oder soll ich dich vielleicht mitnehmen?"

Ich schaue auf die Uhrzeit am Handy und sehe, dass es schon 18:00 ist. „Oh wow, die Zeit ist ja jetzt echt schnell vergangen. Das ist super, wenn du mich mitnimmst, ich will auch zurück, schließlich ist die Raubtierfütterung von Bonnie & Clyde angesagt."

Nick lacht und ich bin wie verzaubert, seine Grübchen sind der Hammer und dazu diese Wuschelhaare und der Drei-Tage-Bart. Beim Essen hat er seine Sonnenbrille abgenommen und er hat doch tatsächlich blaue Augen. Schon als kleines Mädchen, als ich zum ersten Mal einen Typen in einer Parfum-Werbung mit blauen Augen und dunklen Haaren gesehen habe, da wusste ich, so einen Mann will ich auch. Als waschechtes Brown Eyed Girl verliere ich mich gern in blauen Augen, wahrscheinlich weil es mich an die Farbe des Ozeans erinnert.

Wir kehren zu meinem Platz zurück und ich schnappe mein Strandtuch, zusammen mit dem Sonnenspray und der Zeitschrift und gebe sie in meine Badetasche. Nick hat schon, bevor er zu mir gekommen ist, sein Surfbrett im Auto verstaut und deshalb düsen wir gleich los. Ich fühle mich sehr wohl im Jeep an der Seite von Nick, er hört auch den Aussie Rock Channel und er summt bei etlichen Liedern mit, bis ich schließlich mit einstimme und wir bei unseren Lieblingssongs lauthals mitsingen, oder eher mitgrölen – bei „Highway to Hell" von AC/DC gibt es kein Halten mehr. Das macht jede Menge Spaß und ich bin so froh, dass er dieselbe Musikrichtung wie ich mag. Jemanden, der sich zum Beispiel dauernd nur klassische Musik anhört, den würde ich auf Dauer nicht aushalten. In meiner Straße angekommen, bedanke ich mich bei Nick, dass er mich mitgenommen hat.

„Ach, kein Ding – ich wohne gar nicht so weit weg von hier, nur etwa 20 Minuten, da ist auch mein Laden, ich habe oberhalb davon meine Wohnung."
„Ah wow, das ist ja praktisch. Super, dann war es also kein Umweg für dich!"
„Ganz und gar nicht!"
Da ich meine Badetasche auf dem Schoß abgestellt habe, öffne ich die Autotür, drehe mich nochmals zu Nick um und sage: „Ich wünsch dir einen schönen Abend! Danke nochmals fürs Mitnehmen", und bevor ich noch großartig darüber nachdenken kann, gebe ich ihm ein Küsschen auf die Wange.
„Das hab ich gern gemacht, Chloe!" Er gibt mir auch ein Küsschen auf die andere Wange.
„Und lass Bonnie & Clyde von mir grüßen und sag ihnen sorry, dass ich dich so lange aufgehalten habe."
„Mach ich!" Ich krame meinen Schlüssel aus der Tasche, sperre die Eingangstür auf und winke ihm nochmals zu. Er braust davon und winkt zurück und dann denke ich: „Ach, ich hätte ihn hereinbitten sollen." Wie war das noch gleich mit: Magst du noch auf einen Kaffee hochkommen? Zu blöd nur, dass ich keinen Kaffee trinke. Dafür ist es nun zu spät, aber er kommt ja mit auf die Party von Katie, da werde ich ihn also wiedersehen.

In der Wohnung angekommen, streichle ich erst mal Clyde ausgiebig und schnappe mir dann Bonnie, mit der ich schwungvoll durch die Wohnung tanze – das hat sie auch gern, wenn ich das zur Begrüßung mache, wenn ich nach Hause komme, allerdings nur für eine Minute oder so, dann will sie wieder runter.

Nachdem ich die Kätzchen versorgt habe, höre ich mir „Wicked Game" – die beste Cover-Version aller Zeiten von HIM – in Dauerschleife an und träume vor mich hin.

Ich habe absolut keinen Hunger mehr, ich denke über den Tag am Cottesloe Beach nach und meine Unterhaltung mit Nick im Strandcafé, wobei aber mein persönliches Highlight die Autofahrt mit ihm nach Perth war.

Es gibt sie, diese Tage, wo alles rundläuft. Zufrieden lege ich mich auf den Bauch und kuschle mich in meine Bettdecke ein. Dass es wirklich aufregend war, merke ich daran, dass mir sofort die Augen zufallen und ich gleich einschlafe.

5. Kapitel

Ich starte den Tag gemütlich auf der Couch mit einem Heidelbeer-Muffin und einer Tasse Vanille-Tee und Bonnie & Clyde leisten mir Gesellschaft. Nach dem Frühstück schnappe ich mein Handy, um mich ein bisschen durch meine Social-Media-Kanäle zu scrollen, im Hintergrund läuft meine Lieblingsplaylist auf YouTube.

Mein Herz macht einen Sprung, denn bei WhatsApp wird mir eine Nachricht von Nick angezeigt:
„Guten Morgen, Chloe! Hoffe dir geht's gut. Was machst du heute so?" ☺ und natürlich hat er einen Smiley drangehängt.
Beim Schreiben muss ich nie lange überlegen, also tippe ich in mein Handy:
„Ja, danke. Ich hoffe dir geht's auch gut. Heute werde ich shoppen gehen, brauche ein neues Outfit für Silvester. ☺ Was machst du heute so? ☺
„Freut mich! Ja, hab gut geschlafen. Heute habe ich frei! ☺ Soll ich dich beim Shoppen begleiten und dir bei der Auswahl deines Outfits helfen?" ☺
„Gute Idee! Bist du sicher, dass du Shoppen mit einer Frau nervlich aushältst?" ☺
„Ach, das krieg ich schon hin. Wenn ich dich nerve, schickst du mich einfach einen Kaffee holen."
„Ok, für mich aber Tee. Bin keine Kaffeetrinkerin."
„Aha, gut zu wissen. Mich kriegt man morgens nur mit einem Kaffee wach."
„So so, das ist also das Kryptonit von Nick." ☺
„Kann man so sagen. ☺ Wann magst du shoppen gehen? Dann hole ich dich ab."
„So nach dem Mittagessen. Passt 13:30 für dich?"

„Klar, dann bis um 13:30, Hübsche." Oh wow, er hat mir das Kuss-Emoji geschickt!

„Bis später, Surfer Dude!" Ich sende ihm auch ein Kuss-Emoji und deaktiviere dann mein Internet am Handy.

So, jetzt muss ich mich erst mal sammeln. Er hat mich „Hübsche" genannt mit einem Kuss-Emoji, oh mein Gott! Wahrscheinlich nennt er jede Frau eine Hübsche und versendet Küsschen, aber ich freue mich trotzdem. Ich spüre jedenfalls eine Chemie zwischen uns und das genügt mir vollkommen für den Moment. Damit ich auch wirklich entspannt bin, wenn er mich abholt, lasse ich mir ein Bad mit Rosenduft ein. Bevor ich in die Wanne steige, habe ich mir noch eine Gesichtsmaske aufgetragen und rasiere gründlich meine Beine und die Achselhöhlen, während Clyde auf dem Mistkübel liegt und Bonnie am Badewannenrand sitzt – und beide beobachten mich interessiert wie immer.

Die beiden finden es faszinierend, was ich im Bad so mache, besonders Bonnie ist ein großer Fan von meinen Badezimmer-Aktivitäten, weiß der Himmel, wieso. Vermutlich war sie im vorigen Leben eine gepflegte Frau, die immer viel Zeit im Badezimmer verbracht hat. Nach dem Bad und nachdem ich meine Gesichtsmaske abgezogen habe, lackiere ich mir meine Fußnägel in meinem Lieblingsrot nach und im Anschluss creme ich mich mit einer Bodylotion ein, trage mein Deo auf, ein paar Spritzer meines Lieblingsparfums, Haaröl für meine Locken und dann suche ich mir was zum Anziehen aus dem Schrank.

Ich entscheide mich für schwarze Wäsche, meine Jeansshorts, ein grünes Top, silberne Ohrringe und meine schwarzen Converse. Make-up trage ich nur zu besonderen Anlässen und Nick hat mich am Cottesloe Beach ohne Make-up kennengelernt, er weiß also, dass ich der natürliche Typ bin. Ein bisschen Lipgloss trage ich dennoch auf und gebe den Stick in meine Tasche. Jetzt habe ich noch Zeit für ein Mittagessen, bin aber nicht so extrem hungrig. Ich mache mir ein Käsebrot und esse noch ein Joghurt als Nachspeise. Bonnie & Clyde habe ich selbstverständlich auch schon versorgt, sie bekommen immer zuerst was zu essen, bevor ich mir selbst etwas herrichte.

Ein Blick auf mein Handy verrät mir, dass ich in circa zehn Minuten abgeholt werde, also putze ich mir die Zähne, verwende Mundwasser und Zahnseide und packe noch einen Kaugummi in meine Handtasche.

Da läutet auch schon mein Handy, Nick erscheint am Display. Oje, er wird doch hoffentlich nicht absagen?

„Hi Chloe, ich bin schon da. Ich stehe unten vor deiner Eingangstür."

„Hi Nick, oh super, dann komme ich gleich runter."

„Ja passt, bis gleich!"

Ich kuschle Bonnie & Clyde, wünsche den beiden einen schönen Nachmittag und sage ihnen, dass ich sie liebhabe. Das mache ich immer so, aber heute füge ich noch hinzu, dass sie mir bitte Glück wünschen sollen, denn ich hoffe, dass es ein entspannter Nachmittag mit Nick wird.

„Hey Nick!"

„Hey Chloe!" Er gibt mir ein Küsschen auf die Wange und das finde ich so schön.

„Wo soll's denn hingehen?"

„Ins Stadtzentrum von Perth, ich hab da eine Lieblingsboutique."

„Verstehe, dann kann ich mich ja schon mal auf einen Shopping-Marathon einstellen, oder?"

„Kommt darauf an, ich suche ein neues Kleid, manchmal werde ich schnell fündig, dann dauert es wieder länger."

„Kein Ding, ich war auch schon öfter mal Shoppen für meine Tochter."

„Du hast eine Tochter? Wie heißt sie denn und wie alt ist sie?"

„Sie heißt Lizzy, das ist ihr Spitzname. Elizabeth nenne ich sie nur, wenn sie sehr schlimm war und sie ist vier Jahre alt."

„Oh wie süß!"

Wir hören „Mystify" von INXS im Radio und ich bin etwas nachdenklich. Ich wusste doch gleich, dass Nick zu perfekt war, um wahr zu sein. Dass er eine Tochter hat, damit habe ich ehrlich nicht gerechnet. Mir kommt gleich der Gedanke an die böse Stiefmutter von Aschenputtel. Irgendwie habe ich mich nie selbst als Stiefmutter gesehen, ich weiß ja noch nicht mal, ob ich jemals eigene Kinder bekommen möchte.

Nick scheint zu bemerken, dass mich sein Geständnis etwas verunsichert hat und sagt zu mir: „Das muss jetzt sehr überraschend für dich sein. Du bist ja auch noch so jung, vermutlich 27 Jahre oder so?"

„Oh, danke dir für das Kompliment, ich bin schon 31, und du?"

„Ich bin 35. Als ich 31 war, ist Lizzy damals auf die Welt gekommen."

„Und sie lebt bei dir?"

„Sie lebt bei meiner Ex-Freundin Olivia, sie ist mittlerweile verheiratet mit Dave, ein netter Kerl. Wir teilen uns das Sorgerecht, jedes zweite Wochenende verbringt Lizzy bei mir."

Da bin ich aber sowas von erleichtert, dass seine Ex mittlerweile wieder verheiratet ist! Ihm antworte ich: „Wow, eine richtige Patchwork-Family also."

„Kann man so sagen. Morgen habe ich auch frei und verbringe den Tag mit Lizzy, am Abend bringe ich sie dann wieder zu Olivia und Dave. Deshalb geht es bei mir auch erst um 21:00, dass ich dich abhole und wir zur Party deiner Freundin gehen."

„Ah, verstehe. Ich habe mich schon gewundert, als du sagtest, dass du den Tag mit deiner Familie verbringst."

Mittlerweile sind wir in der Innenstadt von Perth, Nick parkt gerade das Auto. Wir schlendern ein bisschen durch die Gegend und ich führe ihn zu dem Klamottenladen.

„Das ist sie also, deine Lieblings-Boutique?"

„Ja, genau, dann lass uns mal reingehen."

Zielstrebig gehe ich auf die Kleider zu, durchforste sie nach meiner Größe L und finde zwei Teile, die mir gefallen könnten: ein Blümchenkleid und ein rotes Kleid.

„Wow, das war jetzt aber rekordverdächtig schnell. Eine Frau, die weiß, was sie will, das gefällt mir!"

„Natürlich, ich geh die zwei Kleider mal anprobieren. Soll ich sie dir zeigen, wenn ich sie anhabe?"

„Na klar, jetzt bin ich aber neugierig."

Ich probiere zuerst das Blümchenkleid an und öffne den Kabinenvorhang.

„Und, was sagst du?"

„Steht dir gut! Ist echt ein schönes Kleid."

„Danke dir!" Ich drehe mich nochmal im Kreis und betrachte mich im Spiegel und befinde: Das Kleid ist ganz okay. „Gut, dann ziehe ich noch das andere Kleid an!"

„Ja, mach das!"

Als ich aus der Kabine komme, sehe ich, dass mich Nick mit großen Augen anschaut.

„Wie findest du das?"

„Wow, echt der Hammer! Dieses rote Kleid ist echt sexy! Also, ich würde das kaufen."

Ich werfe einen prüfenden Blick in den Spiegel: das Kleid betont meine Kurven vorteilhaft, die Farbe steht mir und ich fühle mich wohl darin: gekauft!

„Oh vielen Dank! Ja du hast recht. Das ist perfekt für die Silvester-Party, ich nehme es."

Nachdem ich gezahlt habe, fragt Nick: „Ich hätte Lust auf einen Kaffee. Magst du auch was, einen Tee vielleicht? Ich lade dich ein."

„Oh ja, eine heiße Schokolade wär jetzt genau das Richtige! Tee habe ich zu Hause genug."

„Alles klar, na dann los!"

Wir setzen uns ins nächste Café und genießen unsere Getränke. Ich fühle mich wohl bei Nick und mittlerweile habe ich es auch schon verarbeitet, dass er eine Tochter hat.

„Übrigens danke für die Shopping-Beratung und ich finde es gut, dass du mir von Lizzy erzählt hast."

„Immer wieder gerne! Klar doch, Lizzy gehört zu meinem Leben. Und ich finde es gut, dass du noch hier sitzt mit mir in diesem Café."

„Wie meinst du das?"

„Naja, sobald ich einer Frau das erzähle, dass ich eine Tochter habe, wollen etliche Damen nichts mehr mit mir zu tun haben."

„Echt jetzt? Dabei dachte ich, dass du voll der Frauen-Aufreißer bist."

Nick lacht nun herzhaft und erwidert: „Das war früher vielleicht mal so, als Teenager oder in meinen 20ern. Seitdem Lizzy da ist, haben sich meine Prioritäten verändert."

„Logisch, du musstest Verantwortung übernehmen und so."

„Richtig! Was mir wichtig ist: dass meine neue Freundin akzeptiert, dass es Lizzy gibt und versteht, dass ich Zeit mit ihr verbringen will jedes zweite Wochenende."

„Das ist doch selbstverständlich! Jetzt bin ich aber neugierig. Hast du vielleicht ein Foto von ihr dabei?"

„Klar, schau mal hier", er kramt ein Bild aus seiner Geldbörse hervor.

Das Bild zeigt ein Mädchen in einem rosa Sommerkleid mit braunen, lockigen Haaren, die ihr bis zum Kinn reichen, und blauen Augen, sie ist braun gebrannt und lächelt in die Kamera.

„Oh, wie süß Lizzy doch ist, ganz der Papa!"

„Ja, das sagen alle", sagt er nicht ohne Stolz. „Sollen wir uns noch etwas bestellen?"

„Och, um ehrlich zu sein, müsste ich jetzt wieder nach Hause, die Raubtierfütterung von Bonnie & Clyde ist angesagt. Und für mich wartet noch entweder eine Tiefkühlpizza oder eine Lasagne."

„Selbstverständlich, ich bringe dich natürlich nach Hause."

„Perfekt, das ist super, danke dir!"

Die Rückfahrt ist deutlich entspannter als die Hinfahrt und wir singen dieses Mal lauthals zu „We Will Rock You" von Queen mit.

Nick findet einen Parkplatz in unmittelbarer Nähe zu meinem Wohnungseingang und dieses Mal denke ich daran. „Sag mal, magst du vielleicht auf einen Sprung mit nach oben kommen und dir meine Kätzchen Bonnie & Clyde anschauen? Zu trinken hätte ich abgesehen von Tee noch Coconutwater da."

„Sehr gern, ja, Bonnie & Clyde möchte ich gern sehen und Coconutwater trinke ich auch gern. Tee ist eher nicht so meins."

„Alles klar. Na dann lass uns mal schauen, was meine Stubentiger so angestellt haben."

„Genau, warte, ich nehme deine Einkaufstasche mit dem roten Kleid."

„Super, danke dir! Das hätte ich jetzt glatt vergessen."

Im Wohnhaus bei den Postfächern begegnet uns Katie, die offensichtlich selber vorhin nach Hause gekommen ist und checkt, ob sie Post bekommen hat.

„Hey Chloe, wie geht's? Hallo, ich bin übrigens Katie", stellt sie sich bei Nick vor.

„Hi, freut mich, Katie! Ich bin Nicholas, aber alle nennen mich Nick."

„Hi Katie! Das ist Nick, ich habe ihm von deiner genialen Silvesterparty erzählt und gefragt, ob er mitkommt."

„Hi Nick, freut mich auch, dich kennenzulernen. Ja fein, hast du Zeit und bist morgen auf der Silvesterfete mit dabei?"

„Ja, danke für die Einladung. Ich werde Chloe so um 21:00 abholen und dann schauen wir zu dir, ist das okay?"

„Na klar, sicher doch!"

„Super, danke, Katie! Wir werden was zu trinken mitnehmen!"

„Optimal, dann bis morgen! Wünsch euch noch einen schönen Abend, ihr zwei!" Sie zwinkert mir zu, was so viel bedeutet wie: „Hey, toller Kerl, alle Achtung!", und nimmt den Lift.

„Sie weiß, dass ich immer die Stiegen gehe."

„Toll, dass sie einverstanden ist, wenn ich zur Party mitkomme."

Wir gehen die Stiegen, und als ich den Schlüssel in die Tür stecke, sage ich zu Nick: „Wir müssen schnell reingehen, weil Bonnie sonst vielleicht zur Tür rausflitzt, sie ist die abenteuerlustigere der beiden Kätzchen."

Gesagt, getan und da laufen die Kätzchen uns schon entgegen. Als er sieht, dass ich jemanden mitgebracht habe, läuft Clyde gleich wieder davon, Bonnie hingegen schaut Nick interessiert an.

„Oje, da habe ich wohl gleich mal einen schlechten Eindruck hinterlassen bei deinem Kater. Also, ich vermute, dass es Clyde ist, weil du vorhin sagtest, dass Bonnie die abenteuerlustigere von beiden ist."

„Genau richtig! Nimm es nicht persönlich, das macht Clyde immer, wenn er jemanden noch nicht kennt. Er versteckt sich dann hinter der Wohnzimmercouch und kommt erst nach einer Zeit wieder hervor, wenn er Vertrauen gefasst hat. Magst du Bonnie vielleicht mal an deiner Hand schnuppern lassen? Sie ist nämlich sehr neugierig."

„Auf jeden Fall. Hi Bonnie, freut mich, dich kennenzulernen, süße Katzen-Lady!"

Oh, mein Herz schmilzt dahin und Bonnie ergeht es offensichtlich ähnlich. Nachdem sie an seiner Hand geschnuppert hat, umschmeichelt sie gleich seine Beine.

„Sie mag dich!"

„Puh, da bin ich aber froh! Zumindest ein Kätzchen habe ich schon auf meiner Seite."

„Wenn Bonnie dich mag, wird sie auch Clyde überzeugen, er vertraut ihr in dieser Hinsicht. Komm lass uns in die Küche gehen, dann bekommen die Kätzchen ihr Abendmahl."

Als ich mit der Futterpackung raschle, kommt auch Clyde hinter seinem Versteck hervor. Genüsslich futtern die beiden und ich stelle ihnen auch frisches Wasser hin.

„Mach es dir gemütlich", sage ich zu Nick und biete ihm an, sich zu meinem Esstisch in der Küche zu setzen und schenke uns beiden Coconutwater ein. „Bin gleich wieder da!"

Ich hopse schnell in den Vorraum und säubere das Katzenklo und wasche mir dann die Hände.

Dann mache ich Musik an und werfe die Pizza in den Ofen. „Ich weiß nicht, wie es dir geht, aber ich könnte jetzt auch was zum Essen vertragen."

„Oh ja, du sprichst mir aus der Seele. Gibst du mir vielleicht ein Stück von deiner Pizza ab?"

„Na gut, aber nur ausnahmsweise!", ziehe ich ihn auf und er grinst mich an. Zum Glück versteht er meinen Humor.

Die 20 Minuten, bis die Pizza fertig ist, nutze ich, um Nick mein kleines Reich zu zeigen und frage ihn, wo er am liebsten sitzen mag. Das mache ich immer so bei meinen Gästen, weil es echt total unterschiedlich ist. Viele bevorzugen die Küche, aber auch mein Wohnzimmer und der Balkon sind sehr beliebt. Nick entscheidet sich für das Wohnzimmer und so hole ich die Pizza aus der Küche, lege sie auf einen Teller, schneide sie in Tortenstücke und stelle sie auf den Wohnzimmertisch. Dann laufe ich nochmals in die Küche, hole unsere Getränke und sage Nick, er solle sich ganz wie zu Hause fühlen und es sich auf der Couch gemütlich machen.

„Weißt du, was ich schon den ganzen Nachmittag tun wollte?", fragt er.

„Nein, was denn?"

„Das!" Er zieht mich an ihn ran zu sich auf die Couch, nimmt mein Gesicht in beide Hände und küsst mich zärtlich. Ach du meine Güte, das ist ja fast wie in meinem Traum, nur viel besser, weil es in der Realität stattfindet! Nick streichelt mir durch das Haar, küsst meinen Hals, ich halte seine Hand und wir knutschen weiter. Davon genieße ich jeden Augenblick, doch nach einiger Zeit habe ich Angst, die Kontrolle zu verlieren und erinnere ihn:

„Hey, die Pizza wird noch kalt."

„Du schmeckst viel besser als die Pizza."

Weitere wilde und leidenschaftliche Küsse folgen und ich spüre die Hand von Nick unter meinem Top. Ich habe überall am Körper eine Gänsehaut und als er mir mein Top ausziehen will, ziehe ich die Notbremse. „Hey, stopp, das geht jetzt etwas zu schnell!" Wenn ich ehrlich bin, hätte ich mir gewünscht, dass er weitermacht, aber ich will ja keinen One-Night-Stand, sondern eine richtige Beziehung.

„Oh natürlich. Sorry, wenn ich zu weit gegangen bin, ich konnte mich nicht bremsen."

„Alles okay, hier beiß mal ab!" Ich halte ihm ein Pizza-Stück hin und er beißt genüsslich ab. „Du solltest wissen: Ich bin kein Mädchen für eine Nacht."

„Das weiß ich doch. Ich war jetzt einfach zu schnell. Es ist schon gut, dass du die Reißleine gezogen hast. Ich brauche eine starke Frau an meiner Seite." Er zwinkert mir zu und nimmt mich in den Arm und ich fühle mit total geborgen. Das scheint auch Clyde zu merken, denn er kuschelt sich auf meinen Schoß und lässt sich sogar von Nick streicheln. Bonnie hat es sich neben ihm auf dem Sofa gemütlich gemacht.

„Schau, Clyde fühlt sich auch schon wohl in deiner Gegenwart, das ist ein gutes Zeichen."

„Er ist ja ein richtiger Kuschelkater, wie süß! Bin froh, dass er keine Angst mehr vor mir hat und Bonnie chillt auch schon entspannt neben mir."

Wir essen die Pizza auf und dann bemerke ich, dass ich doch ziemlich müde bin, der Tag war einfach aufregend – immerhin habe ich heute erfahren, dass Nick Vater einer vierjährigen Tochter ist.

„Ja, die beiden Kätzchen haben dich schon in ihr Herz geschlossen. Ich glaub, ich werde mich jetzt hinlegen, wenn das für dich in Ordnung ist."

„Oh wow, jetzt ist ja schon 22 Uhr, Wahnsinn, wie schnell die Zeit vergangen ist. Na klar, ich spüre auch schön langsam, dass ich müde werde und ich muss ja noch fahren."

„Ich begleite dich noch zur Tür."

„Gern, meine Hübsche! Danke für den schönen Nachmittag und Abend!"

„Ja, es war wirklich ein toller Nachmittag und Abend. Bitte fahr vorsichtig!"

„Das mach ich!" Nick gibt mir einen zärtlichen Abschiedskuss. Ich werfe ihm noch einen Handkuss zu und sage: „Bis morgen, Surfer-Dude!"

Nick winkt mir nochmals zu und was ich besonders süß finde: Er verabschiedet sich auch von Bonnie & Clyde. Er streicht ihnen über ihre Köpfchen und sagt zu ihnen: „Passt bitte auf meine hübsche Chloe auf, ihr zwei niedlichen Fellnasen!"

Bonnie & Clyde sehen ihn doch tatsächlich so an, als könnten sie Nick verstehen und wie auf Kommando schnurren die zwei – das bringt sowohl Nick als auch mich zum Lachen, wie lieb doch meine zwei Kätzchen sind.

6. Kapitel

Ich wache auf mit einer großen Vorfreude auf die Silvester-Party. Den Tag werde ich definitiv gemütlich gestalten, zuerst brunchen, dann einen Spaziergang machen und später noch ein paar Lebensmittel einkaufen gehen.

Mein Handy-Display zeigt mir eine Nachricht von Nick an:
„Hey Hübsche, es war so schön bei dir gestern. Bonnie & Clyde sind wirklich süß! Hab einen tollen Tag. Bis um 21:00, Küsschen, Nick. ☺"

„Ja ich habe es auch genossen und Bonnie & Clyde finden dich echt gut! ☺ Wünsche dir einen tollen Tag mit Lizzy! Bis später, freu mich auf das Silvesterfeiern mit dir. ☺"

Ich bin wirklich dankbar dafür, dass Nick sich regelmäßig bei mir meldet. Darauf lege ich großen Wert bei einem Mann und das bringt mich dazu, dass ich mich so richtig in ihn verliebe. Außerdem gefällt es mir, wie er von seiner Tochter spricht und wie lieb er zu meinen Kätzchen ist. Sieht so aus, als hätte ich heute die rosarote Brille auf oder ich bin einfach nur gut gelaunt und glücklich.

Plötzlich klingelt mein Handy: Dad erscheint am Display. Ich erzähle ihm von der Party heute und wünsche ihm und Mum einen schönen Silvester-Abend, sie gehen heute mit einem befreundeten Paar in ein Restaurant. Vorsichtshalber erzähle ich noch nichts von Nick, ich will es zunächst einfach nur für mich genießen. Und ich weiß auch gar nicht, wohin es führt oder ob er mir jemals seine Tochter Lizzy vorstellen wird beziehungsweise ob ich das überhaupt will.

Britta bringt mich auf andere Gedanken, indem sie mir Fotos per WhatsApp von Hamburg gesendet hat – wow, was für eine tolle

Stadt! Der Hafen bei Nacht sieht atemberaubend aus und auch die Fischbrötchen, sehr lecker. Ich sende ihr ein Bild vom Cottesloe Beach und noch ein anderes Foto von Bonnie & Clyde und erzähle ihr, dass ich heute auf der Silvester-Party von Katie bin.

Nachdem ich einkaufen war und mir einen Schokodonut gegönnt habe, komme ich auf die Idee, dass sich Cake Pops doch auch gut als Mitbringsel eignen und habe ein paar davon für die Party gekauft bei meiner Lieblingsbäckerei. Ich liebe es, durch Perth zu flanieren und jetzt widme ich mich Bonnie & Clyde, wir legen eine Kuschelsession am Sofa ein und lassen uns von einem Film auf Netflix berieseln. Im Anschluss style ich mich für die Party und fühle mich echt gut in meinem neuen roten Kleid. Zur Feier des Tages trage ich einen silbernen Lidschatten auf und tusche mir die Wimpern, dazu noch Ohrringe, Lipgloss und ich bin fertig für die Silvester-Party.

Das war eine Punktladung, denn genau in dem Moment, als ich den Lipgloss in die Tasche gepackt habe, läutet es. Ich drücke den Türknopf, sodass Nick unten ins Wohnhaus kommt und schon nach ein paar Minuten klopft es an meiner Tür. Ich mache kurz die Wohnzimmertür zu, sodass Bonnie & Clyde nicht durch die Eingangstür davonflitzen und mein Herz klopft, als Nick vor der Tür steht.

„Hi Nick, komm doch kurz rein, bevor wir zur Party gehen."
Doch er bleibt wie angewurzelt vor der Türe stehen.
„Wow, also ich meine einfach nur wow, was bist du doch für eine schöne Frau!", strahlt er mich an und kommt herein.
Ich mache die Tür zu, stelle mich auf meine Zehenspitzen und wir geben uns einen Kuss zur Begrüßung. Bevor wir wieder nicht damit aufhören können, frage ich ihn, wie der Tag mit Lizzy war.
„Echt super! Soll ich dir ein paar Fotos zeigen?"
„Klar, gern!"
Lizzy sieht richtig happy aus, wie sie da im Park spielt und ein total süßes Papa-Tochter-Selfie haben sie auch gemacht.

„Ach, ihr zwei seid echt so herzig zusammen! Offensichtlich hat es ihr im Park super gefallen mit dir. Und was ist das für eine schöne Location – ist das bei deiner Ex Olivia?"

„Nein, da sind wir in meiner Wohnung."

„Oh, das hätte ich nicht gedacht, sieht wirklich toll aus bei dir."

„Hey, hättest du gedacht, dass ich so in einer Art Junggesellen-Bruchbude wohne?", lacht er.

„Naja, irgendwie schon!", gebe ich lachend zu.

„Seit meine kleine Prinzessin auf der Welt ist, nicht mehr, da habe ich alles toll für sie hergerichtet, frisch gestrichen und so. Natürlich hat sie auch ihr eigenes Zimmer bei mir mit vielen Spielsachen."

„Das find ich wirklich beeindruckend! Mein Dad nennt mich übrigens auch immer noch seine Prinzessin."

„Absolut zu Recht. Bei mir bist du die Hübsche und meine Süße, wenn das für dich auch okay ist?"

„Natürlich ist es das. Ich werde noch Bonnie & Clyde füttern und dann können wir los."

Als ich die Wohnzimmertür öffne, kommen sie gleich zur Begrüßung von Nick angelaufen. Nick beobachtet mich genau, wo ich das Futter hole und wie viel ich ihnen in die Näpfe gebe.

„Ich schau mir das gut an, weil vielleicht darf ich sie ja auch füttern, wenn du mal nicht da bist oder so", erklärt er.

Nun hat er endgültig mein Herz gewonnen! Wir verabschieden uns von den Süßen, ich schnappe mir die Cake-Pops und den Sekt, dann läuten wir bei Katie. Wir hören schon von draußen, dass der Song „Smells Like Teen Spirit" von Nirvana zu Ende geht und nun „Whiskey in the Jar" in der Version von Metallica läuft. „Ah, bestens, sie verwendet immer noch meine Playlist", erzähle ich ihm.

„Perfekt, dann weiß ich jetzt schon, dass uns die Party gefällt!"

„Chloe, hey, du siehst umwerfend aus! Nick, schön, dass du dabei bist!", begrüßt uns Katie.

„Danke, meine Liebe! Dein grünes Kleid steht dir auch super! Passt perfekt zu deinen grünen Augen und lässt deinen roten Bob leuchten!"

„Hi Katie, danke, ich freu mich auch, hier zu sein. Dachte mir, zur Feier des Tages – ist ja Silvester – daher habe ich uns Champagner mitgebracht."

„Und ich habe noch Cake-Pops und Sekt mit."

„Hey das ist echt klasse, vielen Dank! Was haltet ihr davon, wenn wir gleich was von Chloes Sekt trinken und Cake-Pops kosten, und den Champagner von Nick kühlen und zu Mitternacht damit anstoßen?"

„Gute Idee! Wow, und ich sehe hier gibt's ja ein leckeres Buffet mit Brötchen, Salat, Oliven, Mozzarella-Sticks und so weiter", freue ich mich.

„Für meine Gäste nur das Beste! Kommt mit in die Küche, da gibt es frische Gläser!" Katie schenkt uns ein, wir plaudern ein bisschen und naschen Cake-Pops und dann nach einiger Zeit meint Katie, sie schaue nach den anderen Gästen und ich solle doch Nick den Balkon und die restliche Wohnung zeigen und sie komme dann später wieder zu uns. Ich bewundere Katie, dass sie so eine tolle Gastgeberin ist und es immer schafft, dass sich alle wohlfühlen und sich Zeit nimmt für alle Gäste.

Nick und ich gehen auf den Balkon, hier stehen etliche Raucherinnen und Raucher und unterhalten sich angeregt. Wir begrüßen alle und führen Small-Talk – ein Ex-Freund von Katie ist dabei, mit dem sie jetzt nur mehr befreundet ist, eine Arbeitskollegin aus Katies Büro ist da sowie deren Verlobter und John, ein Kumpel von ihm. Ich weiß jetzt schon, dass Katie im Laufe der Party sich John schnappen wird – er ist ganz nach ihrem Geschmack: groß, blond und charmant.

„Rauchst du eigentlich?", fragt mich Nick, als wir eine Runde durch die Wohnung gemacht haben und nun im Wohnzimmer angekommen sind.

„Nein, ich hatte mal so eine Phase als Teenie, wo ich einige Zeit Zigaretten gepafft habe, um mich cool zu fühlen, aber das hörte dann wieder auf."

„Bei mir war es ähnlich. Ich habe sogar mal gekifft, bin aber schnell darauf gekommen, dass ich weniger Kondition beim Surfen habe, wenn ich rauche und hab es dann bleiben lassen."

Wir mischen uns unter die Leute und führen etliche interessante und lustige Gespräche mit den Freunden und Bekannten von Katie, natürlich auch mit der Gastgeberin selbst. Das Buffet ist so lecker, dass wir schon bald alles aufgegessen haben und uns dann noch Pizzen liefern lassen. Die Zeit vergeht wie im Flug, als Katie plötzlich mit dem Champagner vor uns steht. „So meine Lieben, es ist kurz vor Mitternacht, lasst uns den Champagner einschenken! Auf euch!"

„Auf uns alle!", finde ich.

„Cheers, auf diese gelungene Party!", sagt Nick.

Dann zählen wir alle den Countdown bis zu Mitternacht runter und um Punkt Mitternacht jubeln alle, fallen sich um den Hals, doch das Beste ist: Nick küsst mich leidenschaftlich und meine Knie werden weich. Wir tanzen alle durch die Wohnung und auf den Balkon hinaus – zu Silvester drücken alle Nachbarn ein Auge zu und wir sehen uns das tolle Feuerwerk im Fernsehen in Sydney beim Opera House an.

Mittlerweile tanzt auch Katie eng umschlungen mit John zu „November Rain" von Guns n' Roses und ich genieße es ebenfalls, mich in den Armen von Nick im Takt zu bewegen. Um 2:00 gähnt Nick ein paar Mal und ich bin dankbar, weil ich schon vor einer halben Stunde gehen wollte. Das sage ich ihm auch und so beschließen wir, uns noch von Katie zu verabschieden und dann in meine Wohnung zu Bonnie & Clyde zu gehen.

Bei mir in der Wohnung angekommen, sind meine Kätzchen gerade putzmunter. Clyde spielt mit seinem Stoff-Mäuschen und Bonnie hat gerade den Kratzbaum im Vorzimmer umgeschmissen. „Die Kätzchen hatten wohl auch ihre eigene Katzen-Party am Start", stellt Nick grinsend fest und gähnt wieder ein paar Mal.

„Das kann man wohl sagen. Du, ich sehe, dass du schon sehr müde bist. Ich glaube, es wäre keine gute Idee, wenn du jetzt um diese Zeit noch nach Hause fährst. Wenn du magst, kannst du hier übernachten."

„Echt? Das wäre toll, ich kann auch auf der Couch schlafen, wenn dir das lieber ist."

„Nein, das ist keine gute Idee. Die Couch ist das Revier von Bonnie & Clyde, da hättest du keine ruhige Minute in der Nacht."

„Verstehe. Ich hoffe es ist ok, wenn ich in Boxershorts schlafe. Ich habe sonst keine Sachen dabei und ich muss dann die Klamotten morgen nochmals anziehen zum Heimfahren."

„Sicher, das geht klar. Ich habe in der Badezimmerlade noch eine neue Zahnbürste, die gebe ich dir. Werde jetzt noch die Kätzchen versorgen und so – Katzenklo saubermachen, du kannst gern schon ins Badezimmer gehen, wenn du willst."

„Ja, das mache ich, danke dir! Du bist so süß, meine Hübsche!", er gibt mir noch ein Küsschen und verschwindet dann im Bad.

Ich habe eigentlich nicht damit gerechnet, dass Nick hier übernachtet, aber wir haben das ja auch vorher nicht besprochen. Das ist jetzt eher eine Spontan-Aktion, denn wenn er um diese Zeit noch so müde nach Hause gefahren wäre und einen Unfall gehabt hätte, das hätte ich mir nie verziehen.

Als ich alles erledigt habe und auch die Kätzchen zufrieden schnurren und etwas ruhiger geworden sind, gehe ich selbst ins Bad und schminke mich ab, creme mein Gesicht mit der Nachtcreme ein und putze mir die Zähne. Aufgeregt gehe ich ins Schlafzimmer, weil ich Nick vorhin reingehen sah. Als ich die Tür hinter mir zumache, damit Bonnie & Clyde nicht hereinstürmen, muss ich schmunzeln: Nick liegt in seinen Boxershorts auf dem Bauch im Bett und schläft schon, zugedeckt hat er sich nicht.

Irgendwie bin ich ein kleines bisschen enttäuscht und hätte mir gewünscht, dass wir zumindest noch kuscheln. Um ehrlich zu sein, habe ich auch Kondome besorgt, die liegen jetzt in meinem

Nachtkästchen in einer Schatulle. Ich ziehe mein rotes Kleid aus und ziehe mir ein schwarzes Seidennachthemd an, das ich eigentlich nur anziehe, wenn ein Mann bei mir übernachtet. Als ich herzhaft gähne und merke, wie müde ich auch selbst bin, denke ich mir: „Besser so: Mein erstes Mal mit Nick will ich mit vollen Sinnen mitbekommen und nicht, wenn er oder ich schon halb am Einschlafen sind." Ich streichle Nick durch die Haare, decke ihn zu, kuschle mich an ihn, schalte meine Nachtlampe aus und schlafe sofort ein.

7. Kapitel

Als ich aufwache, will ich mich gleich mal nach Nick umdrehen, aber er ist gar nicht mehr da. Oje, war das für ihn so was wie ein One-Night-Stand, nur mit Übernachtung? Ich checke mein Telefon, aber keine Nachricht von ihm. Der 1. Jänner 2020 fangt ja schon mal gut an ...

Dann werde ich einfach nach meinen Kätzchen Bonnie & Clyde schauen. Daher öffne ich die Schlafzimmertüre, doch sie hocken eigenartigerweise nicht davor wie sonst immer.

Ich glaube, ich brauche erst mal einen Tee oder etwas Süßes und gehe in die Küche. Dort sehe ich, dass in den Futternäpfen noch etwas drinnen ist. Nick muss die beiden also gefüttert haben, bevor er gegangen ist, immerhin etwas. Plötzlich entdecke ich einen Zettel auf dem Küchentisch:

„Guten Morgen, Hübsche! Bin nur kurz Kaffee holen und kaufe ein paar Sachen, ich mache uns Pancakes, ich hoffe du isst sie gern! Bis gleich! Küsschen, Nick."

Erleichtert atme ich auf, natürlich esse ich gerne Pancakes. Menschen, die nichts Süßes mögen, sind mir äußerst suspekt. Ich weiß zwar nicht, wo er die Zutaten für Pancakes herbekommen will am Ersten des Jahres, aber irgendein Supermarkt in Perth wird schon geöffnet sein zu Neujahr. Nachdem ich mir Tee eingeschenkt habe, entdecke ich Bonnie & Clyde im Wohnzimmer – Bonnie auf dem Kratzbaum und Clyde liegt gemütlich auf der Decke mitten auf der Couch. Ich schalte den Rock Channel ein und chille mich zu Clyde auf die Couch. Nach einiger Zeit läutet es, ich drücke den Buzzer und wenig später klopft Nick an die Tür.

„Hey Süße, ich bin's Nick. Hab die Pancakes mit!"

„Hey Nick! Genial, wo hast du denn die Pancakes her?"

„Ich war schon vor zwei Stunden putzmunter, dachte mir, ich lasse dich schlafen, versorge erst mal die Kätzchen. Dann bin ich schnell zu mir in die Wohnung, hab mir Kaffee gemacht, frische Klamotten angezogen und die Pancakes gleich bei mir in der Küche gemacht."

„Was für ein Programm am ersten Tag des Jahres, ich bin schwer beeindruckt."

„Ja, ich bin ein Frühaufsteher und Lizzy weckt mich auch meistens so um 5:00 oder 6:00 Uhr früh auf, wenn sie da ist."

„Ach so, verstehe! Ich schlafe am Wochenende meistens gern aus, unter der Woche muss ich ja eh früh genug raus in die Schule."

„Recht hast du! Mach ich manchmal auch so, wenn Lizzy bei ihrer Mum ist jedes zweite Wochenende. Ich hoffe, du magst Pancakes?"

„Ja und ob, danke dir! Ich hole uns zwei Teller und Besteck aus der Küche, essen wir gleich hier im Wohnzimmer."

Die Pancakes schmecken himmlisch, ich bedanke mich mit vielen Küssen bei Nick dafür, was ihm zu gefallen scheint.

„Heute habe ich auch noch frei. Machen wir es uns heute gemütlich bei dir? Also natürlich nur, wenn du für heute noch nichts geplant hattest."

„Gute Idee, bleiben wir bei mir und gehen den Tag entspannt an."

Das lässt sich Nick nicht zweimal sagen und er beginnt, mich von oben bis unten mit Küssen zu bedecken und zu streicheln. Mir wird schon richtig heiß und schwindelig und weil ich es gestern schon wollte und es nicht dazu kam, flüstere ich ihm ins Ohr: „Komm, lass uns ins Schlafzimmer gehen."

Es war einfach zu aufregend, die Berührungen von Nick zu spüren und ich kann ihm einfach jetzt nicht mehr widerstehen.

„Du machst mich wahnsinnig mit deinen Kurven!" Wild knutschend liegen wir bereits eng umschlungen in meinem Bett, ich bereits oben ohne und Nick kann offensichtlich nicht genug von meinem Busen bekommen. Bevor ich auch völlig den Verstand verliere, sage ich ihm noch, dass in meinem Nachtkästchen

Kondome sind. Nick zwinkert mir zu, greift in die Schublade und wir geben uns völlig unseren Gefühlen hin.

Später liegen wir wieder eng umschlungen im Bett und kuscheln und Nick gesteht mir: „Schon vom ersten Augenblick an, als ich dich sah, wollte ich mit dir ins Bett."
„Ah ja, und jetzt, wo du es geschafft hast, fliegst du zur nächsten Blume weiter", ziehe ich ihn auf.
„Hey Miss Johnson, so schnell wirst du mich nicht wieder los, jetzt hast du mich echt an der Backe, sorry, meine Liebe."
„Soll das etwa eine Drohung sein?"
„Mindestens!" Er kitzelt mich und mein Bauch tut schon weh vor lauter Lachen. Ich kann mich nicht erinnern, wann ich das letzte Mal so glücklich war, es fühlt sich einfach himmlisch an.
„Wollen wir ins Wohnzimmer gehen und Netflix schauen?"
„Klar, wieso nicht."

Erst beim dritten Anlauf schaffen wir es, uns einen Film anzuschauen, dazwischen landen wir einfach immer wieder im Schlafzimmer. Wir beschließen, dass Nick heute noch bei mir übernachtet und ich morgen mit ihm zum Cottesloe Beach fahre – er hat den Surf-Kurs und ich werde wieder schwimmen gehen. Morgen nach der Arbeit will er mir dann seinen Surf-Shop zeigen und sein Apartment oberhalb – übernachten werde ich allerdings nicht bei ihm, wegen Bonnie & Clyde, was Nick aber versteht und es geht für ihn in Ordnung, wenn die Übernachtungen zukünftig immer bei mir stattfinden.

„Beim nächsten Mal, wenn ich bei dir übernachte, bringe ich aber eine Kaffeemaschine mit, okay?"
„Du bist ein echter Kaffee-Junkie, keine Frage", lache ich.
„Sicher, wenn du gern einen Kaffee nach dem Aufstehen trinkst, kannst du gerne eine Kaffeemaschine hier deponieren."
„Oh super – keine Sorge, ich kümmere mich dann auch um die Kaffeekapseln, die Wartung der Maschine und so weiter. Ist dann praktischer, als immer zu mir in die Wohnung zu fahren,

um mir Kaffee zu machen oder zum gegenüberliegenden Café zu laufen in aller Früh."

„Da hast du allerdings recht."

Mittlerweile habe ich mich schon daran gewöhnt, dass Nick ein konservativer Typ, gefangen im Körper eines lässigen Surfers, ist und schätze diesen spannenden Mix an ihm. Er empfindet es bei mir auch so, dass es ihm gefällt, dass ich so eine unkonventionelle und lebenslustige Frau bin, die er ursprünglich einfach als gewissenhafte Lehrerin eingeschätzt hat.

Vor dem Schlafengehen beschließen wir, noch gemeinsam zu duschen, können aber natürlich nicht die Finger voneinander lassen. Ich glaube, so viel Wasserverbrauch hatte ich noch nie, ich bin mit Nick in dieser wunderbaren Frisch-Verliebtsein-Phase und koste einfach jede Sekunde davon aus. Im Hier und Jetzt zu leben macht schließlich deutlich mehr Spaß, als an das Ferienende zu denken. Ich bin so unendlich dankbar, dass die Ferien in Western Australia heuer vom 20. Dezember 2019 bis 2. Februar 2020 andauern, denn das bedeutet, ich kann den ganzen Jänner in meiner Happy Bubble mit Nick bleiben, so hoffe ich zumindest.

8. Kapitel

Es ist wirklich schön, gemeinsam mit Nick aufzuwachen und zu frühstücken. Für Bonnie & Clyde ist es mittlerweile auch schon selbstverständlich, dass Nick da ist. Ich packe noch meine Badetasche, während sich Nick vom Café vis à vis seine Morgenration Koffein holt. Ich streichle den Kätzchen noch über ihr Köpfchen, fülle ihre Futternäpfe und ab geht es zum Cottesloe Beach.

Ich genieße es, meinem sexy Nick bei seinem Surf-Kurs zuzuschauen, aber noch mehr genieße ich das Schwimmen im Cottesloe Beach, denn da habe ich so ein unglaubliches Gefühl der Freiheit. Heute sind wir bereits ganz selbstverständlich Hand in Hand über den Strand spaziert und es fühlte sich einfach richtig an.

„Hey Süße, gehen wir noch einen Happen essen ins Strandcafé, bevor wir nach Perth retour fahren und ich dir meinen Surf-Shop und meine Wohnung zeige?"
„Ja, auf jeden Fall, bin am Verhungern!"
Heute bestellen wir beide Burger mit Pommes und als Draufgabe einen Milkshake – Surfen beziehungsweise Schwimmen machen definitiv hungrig. Ich finde es herrlich, dass Nick mich so akzeptiert, wie ich bin: eine Frau mit Kurven, die mit Genuss isst, gerne auch große Portionen, um ehrlich zu sein. Es scheint ihn jedenfalls nicht zu stören, zumindest hat er bis jetzt nichts gesagt und er ist selbst ein leidenschaftlicher Esser, wie ich festgestellt habe – wieder eine Gemeinsamkeit von uns.

Als wir später im Jeep nach Perth cruisen, bin ich schon sehr gespannt auf den Surf-Shop von Nick. Er hat mir erzählt, dass er die Surf-Kurse nur während der Ferienzeit hält, ansonsten steht er von Montag bis Freitag auch oft selbst im Surf-Shop, oder erledigt Bürokram. Er hat ein Team von fünf Personen: drei

Kollegen für den Verkauf und das Abhalten der Surf-Kurse und zwei Kolleginnen für die Büroarbeit (Buchhaltung und Assistenz, die aber auch beim Verkauf im Shop aushelfen, wenn jemand Urlaub hat oder krank ist) und was ihm persönlich wichtig ist: Alle sind ebenso Surf-Freaks wie er.

Im Laden „Nick's Surfers Paradise" gibt es alles, was das Surfer-Herz begehrt und es ist sehr stylish in Blau, Türkis und Grün eingerichtet. Wäre ich ein Surfer-Girl, würde ich mich hier sicher sehr wohl fühlen und bestimmt auch Unmengen an Geld ausgeben. Zum Spaß probiere ich einen Neoprenanzug an und Nick schwärmt gleich vor lauter Begeisterung:

„Oh Hübsche, der steht dir so gut! Wer weiß, vielleicht magst du ja mal einen Surf-Kurs machen?"
„Danke dir! Ja, warum nicht. Wir könnten ja mal gemeinsam Urlaub machen und du bringst mir ein bisschen Surfen bei?"
„Das klingt wie Musik in meinen Ohren, das machen wir definitiv mal! Komm, ich zeig dir noch mein Büro, hier den Gang entlang, und dann oben im ersten Stock mein Apartment."
„Klar, ich darf aber schon auch eine Runde im Chefsessel drehen, oder?"
„Unbedingt!", lacht Nick und zeigt mir voller Stolz sein Reich.
Ich bin beeindruckt von seinem modern ausgestatteten Büro und er gibt mir bei dieser Gelegenheit auch gleich seine Visitenkarte, die ich in die Geldbörse stecke. Ich habe es nicht so mit Zahlen und sollte mein Akku leer sein, dann habe ich hier schwarz auf weiß seine Telefonnummer stehen.

Als Nick mir sein Apartment zeigt, bin ich fasziniert: Es ist sehr geräumig und mit viel Liebe zum Detail eingerichtet. Nick hat viele Surfer-Accessoires in der Wohnung verteilt, die der Wohnung eine Art Beach-Feeling verleihen. Es gibt ein gemütliches Wohnzimmer mit einem großen Fernseher, eine stylishe Küche, ein großes Esszimmer, ein Schlafzimmer mit blau-weiß gestreifter Bettwäsche, das Kinderzimmer von Lizzy ist ein richtiger

Prinzessinnentraum mit vielen Barbies, Puppen, Legosteinen, Puzzles und Einhörnern, ein eigenes Gästezimmer, ein Bad mit Dusche und Badewanne, das WC ist in einem eigenen Raum und noch einen großen Balkon mit einem Tisch und mehreren Sesseln, inklusive einer Hängematte.

„Wow, dein Apartment ist echt genial! Ich fühle mich hier gleich von der ersten Sekunde an wohl!"

„Danke, es ist so schade, dass du nicht hier übernachten kannst wegen Bonnie & Clyde. Dabei habe ich extra eine neue Zahnbürste für dich gekauft, nur für den Fall. Aber Bonnie & Clyde kannst du nicht die ganze Nacht alleine lassen, stimmt's?"

„Nein, das nicht. Und sie brauchen ja auch ihr Futter zum Abendessen. Ich würde echt gern hier übernachten. Weißt du was, ich probiere es mal bei Katie, vielleicht ist sie zu Hause und könnte zu den Kätzchen gehen, ihnen Futter geben und ihnen etwas Gesellschaft leisten. Sie hat nämlich einen Wohnungsschlüssel von mir und war schon öfters meine Katzen-Sitterin, wenn ich im Urlaub war."

„Oh, das wäre natürlich toll, ja, probiere es doch einfach, vielleicht erreichst du sie."

Ich texte Katie und ich habe Glück, sie ist zu Hause und schaut nach Bonnie & Clyde.

„Ja, sie schreibt gerade, sie freut sich, Zeit mit meinen süßen Stubentigern zu verbringen und sie lässt dich schön grüßen."

„Vielen Dank, schreib ihr bitte auch schöne Grüße von mir und als Dank laden wir sie gerne mal zum Essen in ein Restaurant ihrer Wahl ein, die Rechnung übernehme ich gerne. Freu mich echt so, dass du heute hier bei mir bleiben kannst!"

„Du bist ein Schatz, danke dir! Gute Idee, hab es ihr schon getextet. Oh wow, sie schreibt auch danke und sie freut sich schon, wenn sie mit uns essen gehen wird und fragt, ob sie John mitnehmen darf, du weißt schon, von der Silvester-Party."

„Natürlich, das ist doch selbstverständlich! Und nun komm, Süße, leg nun bitte dein Handy weg, ich habe jetzt was ganz anderes mit dir im Sinn."

Nick und ich küssen uns wild und er reißt mir fast die Kleider vom Leib, ich liebe seine Leidenschaft und springe sofort darauf an. Wir sind die halbe Nacht auf und lieben uns in jedem Zimmer. Als wir beide uns erschöpft auf dem Küchentisch zurückfallen lassen, kommen wir beide darauf, dass wir wieder hungrig sind und plündern den Kühlschrank.

Später nehmen wir ein gemeinsames Bad und pusten uns gegenseitig den Badeschaum ins Gesicht, es ist einfach herrlich, dass wir beide zusammen herumalbern können. Vor dem Schlafengehen checke ich noch mein Handy und die liebe Katie hat mir ein paar Bilder von Bonnie & Clyde geschickt, wie sie genüsslich futtern und zufrieden schlafen. Ich zeige Nick die Bilder und er sagt: „Oh, die zwei sind so was von herzig, ich freue mich auch jetzt schon, die beiden Fellengel wiederzusehen."

Und tatsächlich sieht er meine zwei süßen Stubentiger auch regelmäßig. Nick und ich treffen uns in den folgenden Tagen meistens Montag und Mittwoch bei mir und am Freitag bei ihm und wir sehen uns auch jedes zweite Wochenende bei mir. Katie ist mittlerweile mit John liiert und die beiden passen jeden Freitagabend auf Bonnie & Clyde auf. Dafür laden wir die zwei Turteltauben immer am Montag zum Abendessen ein.

Das Leben könnte ewig so weitergehen und ich bin wirklich happy mit Nick, wir ergänzen uns gut, necken uns oft und wenn wir uns streiten, dann nur über Kleinigkeiten, wie zum Beispiel wer den Geschirrspüler einräumt oder wer an der Reihe ist, das Katzenklo sauberzumachen. Was mich stutzig macht, ist, dass wir einander noch nicht „Ich liebe dich" gesagt haben und er hat mir weder seine Tochter, noch habe ich ihm meine Eltern vorgestellt. Offensichtlich wollen wir unsere Beziehung, so wie sie ist, genießen und haben keine Lust darauf, es komplizierter machen. Anderseits hat meine Mutter bald ihren 60. Geburtstag und ich weiß nicht, ob ich ihr meine Liebe zu Nick noch länger verschweigen sollte, das fühlt sich irgendwie falsch an …

9. Kapitel

Heute ist Sonntag, 26. 1. 2020. der Australia Day – mein absoluter Lieblings-Feiertag. Es ist unser offizieller Nationalfeiertag und erinnert an die Ankunft der First Fleet in Sydney Cove am 26. Januar 1788. Das war die Flotte von Schiffen, die am 13. Mai 1787 Portsmouth in England verließ, um Australien zu besiedeln. Interessant, dass damals an Bord insgesamt 756 Strafgefangene und 550 Besatzungsmitglieder waren[4]. So, nun aber genug vom Sachunterricht, der erwartet mich sowieso bald wieder in der Schule. Kommen wir zurück zum Hier und Jetzt.

Traditionell wird am Australia Day eine Vielzahl von Veranstaltungen abgehalten und ich bin stolz darauf, dass die größte Veranstaltung immer in Perth stattfindet. Das lässt sich in etwa so vorstellen, dass ein Drittel der Einwohner das Ufer des Swan River säumt und natürlich gibt es dann um 20:00 das große Feuerwerk.

Ich denke, heuer werde ich mit Katie und John hingehen, weil Nick da sein Papa-Wochenende mit Lizzy hat, für mich ist das mittlerweile ganz normal, deshalb überrascht es mich sehr, als Nick mir schreibt:
„Hi, meine hübsche Chloe! Magst du dich heute mit Lizzy und mir treffen? Lizzy würde dich gern kennenlernen! Könntest du heute um 14:00 bei mir sein?"
„Hi Nick! Ja, gern, ich kann um 14:00 bei dir sein, ich freue mich auch, Lizzy kennenzulernen."

Als ich bei Nick läute, bin ich schon sehr aufgeregt. Nick begrüßt mich herzlich mit einem Kuss und sagt mir:

---

4 Quelle: Wikipedia, https://de.wikipedia.org/wiki/Australia_Day

„So schön, dass du da bist! Komm rein, Lizzy wartet in ihrem Zimmer auf uns."

„Danke für die Einladung, freu mich auch. Ich war überrascht, weil du dein Papa-Tochter-Wochenende hast."

„Ich habe Lizzy in letzter Zeit viel von dir erzählt, da ist sie neugierig geworden. Ich habe ihr auch ein Foto von dir gezeigt, aber sie sagte, sie will dich ‚in echt' sehen."

„Oh wie süß! Ich habe eine Barbie für sie, ich hoffe, das ist okay?" Diese Barbie habe ich schon vor einigen Tagen gekauft. Irgendwie hatte ich das im Gespür, dass ich Lizzy vielleicht doch noch kennenlerne und wollte vorbereitet sein.

„Wow, wie lieb von dir. Natürlich, da wird sie sich aber freuen, komm mal mit."

„Prinzessin, Lizzy, dürfen wir reinkommen?"

„Ja, kommt rein!"

„Lizzy, das ist Chloe, Chloe, das ist meine Lizzy!"

„Hallo Chloe!"

„Hallo Lizzy! Ich hab dir was mitgebracht."

„Wow, ein Geschenk, dabei habe ich ja gar nicht Geburtstag! Dad, darf ich es gleich aufmachen?"

„Aber sicher doch, Süße!"

„Wow, eine Surfer-Barbie Die ist ja so cool, danke!" Lizzy drückt mir ein Küsschen auf die Wange und ich bin gerührt.

„Gern geschehen! Weißt du, ich bin ja so gern am Cottesloe Beach und dein Dad ist dort Surf-Lehrer, da dachte ich, die neue Surfer-Barbie wäre doch vielleicht passend."

„Ja, total, die ist spitze! Schau, Dad, ist sie nicht toll?"

„Ja wirklich, Prinzessin, die Barbie ist super! Danke, Chloe, das ist sehr aufmerksam von dir."

„Gern geschehen. Wollen wir vielleicht ein bisschen Barbie spielen?"

„Oja, gern! Ich bin die Surfer-Barbie, du bist Theresa, die beste Freundin von Barbie und Dad spielt Ken, okay?"

„Na gut, meine Süße!"

„Alles klar, ja, machen wir das so, Lizzy!"

Wir haben noch viel gespielt mit Lizzy in ihrem Zimmer und ich bin wirklich erleichtert, dass sie so ein liebes Kind ist. Es fühlt sich so an, als hätte ich plötzlich eine kleine Schwester bekommen und auch Nick scheint es zu genießen, dass sich seine zwei Mädels, wie er es heute ausgedrückt hat, gut verstehen.

Später gehen wir drei in den Langley Park, essen Eis und genießen den Trubel rund um den Australia Day. Plötzlich läutet das Handy von Nick: „Hi. Ah, okay! Genau, wir sind im Langley Park, ja passt, bis gleich!"

„Kommen Mummy und Dave auch zu uns?"

„Ja, Süße, sie holen dich wie besprochen ab und wir zwei sehen uns dann bald wieder."

Ach du meine Güte, nun werde ich zum ersten Mal Olivia begegnen, der Ex von Nick. Zum Glück ist sie in Begleitung ihres Mannes Dave, aber ich habe trotzdem ein mulmiges Gefühl. Nick hat mir erzählt, dass Olivia Flugbegleiterin ist. Er hatte sie damals auf seinem Flug nach Hawaii kennengelernt, als er einen Surf-Trip geplant hat und einen Kumpel in Hawaii besucht hat. Viel mehr weiß ich eigentlich nicht, außer dass sie sich damals schnell aufeinander eingelassen hatten und bald darauf Lizzy unterwegs war, sie dann aber schnell gemerkt hatten, dass sie nicht wirklich zusammenpassen.

Als Lizzy gerade wieder mit ihrer Surfer-Barbie spielt, die sie unbedingt in den Park mitnehmen will, meint Nick zu mir:

„Chloe, ich hoffe, das ist in Ordnung für dich? Vielleicht ein bisschen viel auf einmal, zuerst Lizzy, dann auch noch Olivia und Dave. Sorry, dass wir dich so überfallen heute."

„Es stimmt schon, damit hatte ich überhaupt nicht gerechnet, aber ich freue mich, alle mal zu treffen. Ich habe mich auch schon gefragt, ob du nicht vielleicht mal meine Eltern kennenlernen willst."

„Ja sicher, es wäre mir eine große Freude! Wann immer du magst! Falls ich da grad Papa-Tochter-Wochenende habe, kann ich sicher mit Olivia und Dave reden, ob wir das Wochenende tauschen."

„Echt, das ist ja super. Würde es bei dir am Samstag, 1. Februar, gehen?"

„Ja, gerne, da habe ich Zeit! Lizzy ist dann wieder am 8. und 9. Februar bei mir."

„Oh, das ist perfekt. Meine Mum hat nämlich genau am 1. Februar ihren 60. Geburtstag und da würde ich dich ins Restaurant mitnehmen auf ihre 60er-Feier, wenn das für dich in Ordnung geht."

„Klar begleite ich dich, danke für die Einladung. Warum hast du mir das eigentlich nicht schon früher erzählt?"

„Ich wusste nicht, ob du meine Eltern überhaupt kennenlernen willst. Ich meine, bisher hast du immer von deiner Tochter erzählt, aber ich hatte auch nicht damit gerechnet, dass du sie mir vorstellst."

„Sicher will ich deine Eltern kennenlernen, die 60er-Feier deiner Mutter ist auf jeden Fall eine gute Gelegenheit. Sorry Chloe, dass ich dir Lizzy nicht schon früher vorgestellt hab, ich hatte in letzter Zeit so viel um die Ohren mit dem Surf-Kurs und dem Shop und wollte die Freizeit dann einfach mit dir genießen. Und dann gibt es ja immer die Papa-Tochter-Wochenenden, da habe ich Lizzy immer von dir vorgeschwärmt."

„Ja, das stimmt! Dad hat mir erzählt, dass du gerne im Cottesloe Beach schwimmst und zwei süße Kätzchen hast. Darf ich die auch mal sehen?" Lizzy hatte anscheinend genug vom Barbie-Spielen und ihr war jetzt mehr danach, mit den Erwachsenen zu plaudern.

„Das freut mich aber! Selbstverständlich! Meine Kätzchen heißen Bonnie & Clyde und wir würden uns freuen, wenn du uns mal besuchen kommst."

Viel weiter kommen wir aber nicht mit der Plauderei, weil Lizzy plötzlich losrennt und „Mummy! Dave! Hier sind wir!" ruft.

Nick und ich drehen uns um und da kommt uns ein Paar entgegen. Ich sehe eine große, dünne, blonde und perfekt geschminkte Frau in einem weißen Leinenkleid, die einer Barbie nicht unähnlich sieht – außer dass sie nicht so viel Busen besitzt wie ihr

Plastik-Mini-Me –, und einen Mann mit brünetten Haaren, Sonnenbrille, Karohemd und Jeans und Lizzy läuft ihnen entgegen und wirft sich in ihre Arme. Ich komme mir komisch vor in meinem Blümchenkleid mit Jeansjacke und zapple ein wenig hin und her. Nick spürt meine Aufregung, nimmt demonstrativ meine Hand und geht mit mir auf die beiden zu.

„Olivia, Dave – ich möchte euch meine Freundin Chloe Johnson vorstellen. Chloe, das sind Olivia und Dave Taylor!"
„Hallo", sagt Olivia schlicht und reicht mir ihr eiskaltes Händchen.
„Das ist also deine Freundin, Chloe", bemerkt sie leicht abschätzig und mustert mich von oben bis unten.
„Sie ist mehr als das, sie ist meine große Liebe", verkündet Nick mit einem strahlenden Lächeln und seine Augen glitzern.
Ich könnte schwören, dass Olivia kurz zusammengezuckt ist, während Dave offen und ehrlich rüberkommt mit seinem „Hi Chloe! Freut mich, dich kennenzulernen!"
Selbstverständlich bleibe ich höflich und entgegne: „Hallo Olivia, hallo Dave! Freut mich auch sehr, eure Bekanntschaft zu machen!"
„Mummy, Mummy, schau mal, was mir Chloe geschenkt hat!", mischt sich auch Lizzy ins Gespräch. „Eine Surfer-Barbie!!!"
„Hübsch, Schatz!", zu Nick jedoch sagt sie: „Ich dachte, wir waren uns einig, dass Lizzy nur an ihrem Geburtstag, Valentinstag, Ostern und Weihnachten Geschenke bekommt."
„Sorry, ich wollte Lizzy einfach eine Freude damit machen, ich wusste nicht, dass sie nur an bestimmten Anlässen Geschenke haben darf", verteidige ich mich.
„Olivia, nun entspann dich mal, Lizzy liebt diese Barbie, ich finde es ein süßes Geschenk von Chloe." Nick umarmt mich und gibt mir einen Kuss auf die Wange, als wolle er sich nochmals bedanken, dass ich seiner Tochter die Surfer-Barbie geschenkt habe.
Ich fühle mich etwas unwohl, doch als auch Dave meint „Vielen Dank, Chloe. Das ist sehr großzügig von dir. Olivia, du weißt doch, wie sehr Lizzy ihre Barbies liebt, davon kann sie doch nie

genug haben" und mir dabei sanft zuzwinkert, werde ich selbstbewusster und merke, dass nicht ich das Problem bin, sondern Olivia einfach eine anstrengende Person ist.

„Schon gut, dann ist das eben eine Ausnahme", gibt sich Olivia geschlagen.

„Wie auch immer, wir müssen nun los! Lizzy, sag Tschüss zu deinem Dad."

„Daddy! Hab dich so lieb, bis ganz bald!"

„Bis bald, meine Prinzessin, hab dich lieb, meine Süße! Freu mich auf unser Wiedersehen!", die beiden umarmen sich und mir geht das Herz auf.

„Chloe, danke für die Surfer-Barbie. Darf ich sie Chloe nennen? Und kann ich beim nächsten Mal Bonnie & Clyde besuchen?"

Olivia wird etwas blass im Gesicht:

„Wer sind denn bitte Bonnie & Clyde, kann mich hier bitte jemand aufklären?!"

„Natürlich darfst du deine Barbie Chloe nennen, wenn du das möchtest", sage ich zu Lizzy und bin ehrlich gerührt und sogar geschmeichelt.

„Aber nur, wenn du den Ken dann Nick nennst", zwinkert Nick ihr zu und Lizzy kichert.

„Ja sicher, du darfst meine Kätzchen Bonnie & Clyde gerne besuchen kommen, aber da fragst du vorher deine Mum, Dave und deinen Dad, ob sie es dir erlauben, okay?"

„Okay!" Lizzy stürmt auf mich los und gibt mir ein Küsschen.

Olivia scheint nun endgültig perplex zu sein, darum ergreift Dave die Initiative und sagt:

„Dann wünschen wir euch beiden einen schönen Abend! Los kommt, meine Damen, gehen wir zum Auto!"

„Also dann, über den Besuch bei diesen Katzen Bonnie & Clyde reden wir noch", kann sich Olivia nicht verkneifen.

„Wie du meinst! Kommt gut nach Hause, passt gut auf meine Prinzessin auf!", gibt sich Nick wie immer locker.

„Habt auch einen schönen Abend ihr drei, bis bald, Lizzy!", verabschiede auch ich mich.

Als die drei gegangen sind, kann ich es absolut nicht fassen, dass Nick mal mit Olivia zusammen war. Natürlich, sie ist blond, sehr schlank und hat ihren Style, aber mit ihrer Persönlichkeit kann sie nicht gerade punkten. Nick scheint ähnlich zu denken und atmet erleichtert auf:

„Ach, was bin ich immer froh, wenn Olivia dann endlich einen Abgang macht. Sorry, du musst jetzt denken, dass ich ein absoluter Arsch bin. Olivia ist und bleibt die Mutter meines Kindes und dafür werde ich ihr immer dankbar sein, dass sie mir Lizzy geschenkt hat, aber du hast ja erlebt, wie sie ist."

„Kann man wohl sagen, aber hübsch ist sie schon. Was willst du eigentlich mit einem kurvigen, brünetten Lockenkopf wie mir, wenn du mal eine Barbie namens Olivia hattest?", kann ich mir dann doch nicht verkneifen.

„Also zunächst mal: Du bist verdammt attraktiv, Chloe! Du hast mehr Sex-Appeal in deinem weichen, roten Kussmund als alle Frauen, die ich bisher gedatet habe. Olivia ist wie du sagtest optisch ein Barbie-Typ, das scheint offensichtlich vielen Leuten zu gefallen. Mir ist das allein zu wenig. Ich liebe deine Ausstrahlung, deine sexy Kurven bringen mich sowieso um den Verstand, ich liebe es, wenn du mir in aller Früh deine Locken ins Gesicht klatschst, wenn du dich umdrehst, ich liebe deine Tierliebe zu Bonnie & Clyde, ich liebe deine temperamentvolle Art, ich liebe die Gespräche mit dir über Gott und die Welt und habe ich deinen sexy Busen und Knack-Po eigentlich schon erwähnt? Weißt du was, ich wollte es dir schon lange sagen: Ich liebe dich!"

Mir bleibt die Spucke weg und ich stehe kurz wie angewurzelt da, aber dann werfe ich mich in die Arme von Nick und wir knutschen wild und leidenschaftlich rum – im Hintergrund das Feuerwerk zum Australia Day, aber das kümmert uns herzlich wenig.

Als ich doch wieder Atem hole und wir eine Pause von unserer Knutsch-Session einlegen, erkläre ich:

„Ich liebe dich auch, du verrückter, gutaussehender Surfer-Dude, der so ein liebevoller Papa ist, ein zärtlicher und leidenschaftlicher

Freund, der perfekte Gesprächspartner, smarter Geschäftsmann, ich liebe deine zuverlässige und loyale Art, die man dir gar nicht zutrauen würde, ich liebe es, dass Bonnie & Clyde dich lieben und jetzt komm mit zu mir und reiß mir endlich meine Kleider vom Leib", hauche ich ihm abschließend ins Ohr.

„Ich liebe dich, Baby, das lass ich mir nicht zweimal sagen. Habe gerade die ganze Zeit, während wir uns küssten, daran gedacht, wann ich dich wohl wieder vernaschen darf. Und jetzt ab zu dir nach Hause."

Bis zu mir nach Hause haben wir es gar nicht mehr geschafft. Da alle Leute sich das Feuerwerk vom Australia Day anschauen und der Parkplatz menschenleer ist, sind wir gleich im Auto übereinander hergefallen. Eigentlich bin ich sehr romantisch, aber das war schon ein verdammt heißer Quickie! Warum ich mich dazu hinreißen ließ, kann ich mir nur so erklären: Dieser Moment vorhin war einfach von besonderer Bedeutung: Nick hat mir zum ersten Mal „Ich liebe dich" gesagt, darauf habe ich schon so lange gewartet und ich habe es ihm auch gesagt – gefühlt hatte ich es schon seit längerer Zeit. Das war wie eine Explosion der Gefühle und diese Leidenschaft wollte raus und auch auf der horizontalen Ebene ausgelebt werden.

Bei mir zu Hause angekommen, haben wir die Kätzchen versorgt, uns einen kleinen Snack gegönnt und dann haben wir uns gleich ins Schlafzimmer zurückgezogen. Ich glaube, ich habe in meinem Leben noch nie so gut geschlafen wie nach diesem ereignisreichen und denkwürdigen Australia Day im Jahr 2020.

10. Kapitel

Nach dem Australia Day habe ich meine Eltern besucht und ihnen alles von Nick erzählt, meine Mutter hat sich extrem darüber gefreut, dass ich wieder in einer Beziehung bin und hat über das ganze Gesicht gestrahlt. Mein Dad war etwas zurückhaltend, als ich ihnen von seiner Tochter Lizzy berichtet habe, sogar Mum war zunächst skeptisch, doch nach meinem ausführlichen Bericht, dass die Patchwork-Familie zum Glück gut funktioniert und Olivia, die Mutter von Lizzy, bereits mit Dave verheiratet ist, schienen sie etwas beruhigter zu sein.

Auch Nick war auf jeden Fall erleichtert, dass meine Eltern über seine Familienverhältnisse Bescheid wissen, denn er betont immer wieder, dass Lizzy ein wichtiger Teil seines Lebens ist, den er nicht verheimlichen will. Das kann ich sehr gut nachvollziehen, denn ich habe Lizzy mittlerweile total ins Herz geschlossen. Lizzy wiederum war sehr happy, als sie mal mit Nick zu mir zu Besuch kam und meine Kätzchen Bonnie & Clyde kennenlernen durfte. Die beiden Stubentiger waren naturgemäß vorerst scheu, aber die süße Lizzy konnte sie bald überzeugen und sie ließen sich schon bald von ihr streicheln und mit Leckerlis füttern.

Heute, am 1. Februar, feiern wir den 60. Geburtstag meiner Mutter, zu diesem Anlass treffen wir meine Eltern gleich im Restaurant. Nick hat sich extra schick gemacht, trägt ein schönes Hemd mit Sakko und ich habe ein blaues Kleid in A-Linie an, das mich glücklicherweise sehr schlank wirken lässt, weil es oben eng und ab den Hüften weit geschnitten ist. Schließlich will ich meiner Mutter eine Freude machen an ihrem 60. Geburtstag, sie legt ja so viel Wert auf Äußerlichkeiten. Wir schenken meiner Mum ein schönes Schmuck-Ensemble von Ohrringen und einer Halskette und ich glaube, dass wir damit genau ihren Geschmack getroffen haben.

„Gleich ums Eck ist das Restaurant", stelle ich fest, als wir aus dem Auto steigen.

„Okay gut, ich war hier noch nie, dann mal los", gibt sich Nick optimistisch.

Als wir im Restaurant angelangt sind, muss ich nicht lange suchen, ich entdecke meine Mutter, wie sie sich elegant wie immer in einem violetten Kleid mit meinem Vater unterhält, der heute sogar einen Anzug trägt. Das war sicher Teil des Geschenks an meine Mum, mein Vater trägt Anzüge sonst nur zu Hochzeiten oder Beerdigungen.

„Chloe, Schätzchen, hier sind wir!", winkt uns meine Mutter zu.

„Hi Mum, alles Gute zum Geburtstag, wir hoffen, dir gefällt das Geschenk! Darf ich dir meinen Freund Nicholas Wilson vorstellen?"

„Vielen Dank! Ich werde das Geschenk dann später öffnen. Chloe, Schätzchen, hast du etwa abgenommen, das steht dir sehr gut. Es freut mich sehr, Nicholas, ich darf doch Nicholas sagen?"

„Vielen herzlichen Dank für die Einladung, Mrs. Johnson. Happy Birthday auch von mir! Selbstverständlich, Sie dürfen mich auch gerne Nick nennen, wenn Sie möchten."

„Hallo Dad! Das ist mein Freund Nick!"

„Nick, willkommen in der Johnson-Familie!" Ach, ich liebe meinen Dad, er ist so ein offener und herzlicher Mensch, er lächelt Nick freundlich an, als er ihm die Hand schüttelt.

„Vielen Dank, Mr. Johnson! Es freut mich, Ihre Bekanntschaft zu machen."

„Setzt euch, ihr Lieben! Wir haben zur Feier des Tages schon mal Champagner bestellt. Dein Dad und ich setzen heute auf Steak mit Bratkartoffeln und dazu einen kleinen Salat, aber bestellt euch gern, was ihr wollte, ihr seid eingeladen."

„Mmh, das klingt verlockend, ich denke, ich nehme dasselbe, was meinst du, Nick?"

„Ja, eine ausgezeichnete Idee, da schließe ich mich gern an, vielen Dank!"

Mein Dad hat für uns bestellt und ich bin überrascht, wie entspannt der Abend verläuft. Nachdem wir auf meine Mum angestoßen haben und sie freudestrahlend die Geschenke entgegengenommen hat – mein Dad hat ihr eine Reise nach London geschenkt, dort wollte sie immer schon mal hin –, haben sie Nick nach seinem Surf-Shop und seiner Ausbildung als Surf-Lehrer gefragt aber Nick hat ihnen alles gerne und bereitwillig erzählt.

Später, als wir beim Dessert angelangt sind – meine Mum verzichtet auch an ihrem Geburtstag auf Kuchen und wählt stattdessen einen Gin Tonic –, werden die Gespräche schon intensiver oder vielleicht liegt es auch an der zweiten Flasche Champagner, die mein Dad bestellt hat. Meine Eltern haben sich nach Lizzy erkundigt und Nick hat ihnen gleich ein Foto von Lizzy gezeigt und seine Tochter in den höchsten Tönen gelobt und viele liebenswert Anekdoten von ihr erzählt.

„Ach, was ist das Mädchen doch goldig! Ich habe mir ja schon lange eine Enkeltochter gewünscht, vielleicht lerne ich sie ja mal kennen? Willst du eigentlich auch mal Kinder mit meiner Tochter Chloe bekommen?"

Mittlerweile sind wir schon längst alle per Du, doch meine Mutter ist wieder mal einen Schritt zu weit gegangen.

„Mum, bitte! So was kannst du doch nicht fragen, nachdem du Nick heute erst kennengelernt hast!"

„Das ist schon in Ordnung. Linda und Liam, selbstverständlich könnt ihr Lizzy mal kennenlernen. Und ja, wenn Chloe sich Kinder wünscht, freu ich mich darauf, später mal eine Familie mit ihr zu gründen."

Mit dieser Aussage habe ich absolut nicht gerechnet, freue mich aber umso mehr, dass Nick so ein toller Freund ist und sich von meiner exzentrischen Mutter nicht abschrecken lässt. Wäre ich nicht schon verliebt gewesen, dann hätte er jetzt auf jeden Fall mein Herz im Sturm erobert.

„Also deine Absichten meiner Tochter gegenüber sind also ernst?", will sich nun auch mein Vater vergewissern.

„Selbstverständlich! Chloe, ich wollte dich schon seit einiger Zeit fragen, ob du vielleicht zu mir ziehen möchtest? Natürlich gemeinsam mit Bonnie & Clyde."

Jetzt bin ich absolut baff und mir hat es vorerst die Sprache verschlagen. Ich bin ehrlich gerührt von diesem Vorschlag, bin mir aber nicht sicher, ob ich meine Wohnung aufgeben will, denn ich liebe meine Selbstständigkeit und Freiheit.

„Wie aufregend, sag doch ja, mein Schatz!", mischt sich meine Mutter wieder mal ein, doch erst mein Dad schafft es, mich zu überzeugen, dass es eine gute Idee ist, mit Nick zusammenzuziehen:

„Chloe, wenn das kein Zufall ist! Gestern hat mich mein Bruder Cooper angerufen. Du weißt ja vielleicht, dass deine Cousine Mia im März mit dem Studium an der University of Western Australia in Perth beginnt. Sie wollte ausziehen, hat aber keine passende Wohnung gefunden. Also falls du dich dazu entscheidest, zu Nick zu ziehen, könntest du ja Mia zur Untermiete bei dir wohnen lassen, was meinst du, Schatz? Bin mir sicher, dass dein Onkel Coop die Kosten für die Miete und Betriebskosten übernimmt, bis Mia einen passenden Nebenjob gefunden hat."

„Wow, danke, Nick! Ja, das klingt toll, ich glaube, auch Bonnie & Clyde werden sich in deinem schönen Apartment wohlfühlen. Es müsste allerdings ein Katzengitter am Balkon angebracht werden. Dad, das ist ja toll, dass du mir das erzählst. Sicher, Mia kann gern zur Untermiete in meinem Apartment wohnen. Ich werde das Geld dann sicher brauchen für die Miete bei Nick."

„Na klar, Chloe! Ich werde ein Katzengitter am Balkon anbringen, sodass sich auch Bonnie & Clyde bei uns wohlfühlen. Ach so, das hab ich dir ja noch gar nicht erzählt, es ist meine Eigentumswohnung, du brauchst also keine Miete zahlen, Chloe."

„Echt? Genial! Ich will dir aber auf jeden Fall bei den Fixkosten die Hälfte beisteuern, also Strom, Internet und so weiter."

„Okay, wenn du meinst, aber nur, wenn ich dafür die Kosten für die monatlichen Lebensmittel und Futter von Bonnie & Clyde übernehmen darf."

„Das ist aber sehr großzügig von dir, Nick!", stellt meine Mutter anerkennend fest. An ihrem Blick zu Dad kann ich erkennen, dass sie so was in der Art denkt wie:
„Halleluja, endlich hat unsere Tochter eine gute Partie erwischt!"
„Ja Nick, das stimmt. Bist du dir da sicher?"
„Absolut! Ich will dich und Bonnie & Clyde gern in meiner Nähe haben, das würde mich so glücklich machen und ich will dir einfach eine Freude machen, sodass dir der Umzug leichter fällt."
„Na gut, einverstanden! Dafür revanchiere ich mich und werde dich öfters auf einen Kaffee einladen in einem Café, gerne natürlich auch am Cottesloe Beach."
„Da sag ich nicht Nein, am Cottesloe Beach hat ja alles begonnen, das Strandcafé ist ja unser persönlicher Hotspot."

Wir erzählen meinen Eltern, wie wir uns kennengelernt haben am Cottesloe Beach und bestellen zum Abschluss noch eine Runde Cocktails. Gestern habe ich noch darüber nachgedacht, dass morgen wieder die Schule beginnt, nun bin ich ganz aufgeregt, dass ich schon sehr bald zu Nick ziehen werde, denn immerhin will Mia die Wohnung schon ab März beziehen. Jetzt bin ich voller Vorfreude auf die Schule, denn ich kann es gar nicht erwarten, das alles Britta zu erzählen.

11. Kapitel

Der Schulstart heute am 3. Februar war absolut in Ordnung, ich habe mich auch sehr auf meine Klasse gefreut und bin sofort wieder voll da gewesen, als der Unterricht gestartet hat. In der großen Pause haben Britta und ich uns ausgetauscht, und sie freut sich so für Nick und mich. Wir haben vereinbart, dass Britta und Dennis uns im März in der gemeinsamen Wohnung besuchen kommen.

Nick will auch gern alle meine Freunde kennenlernen und weil ich ihm schon viel von Britta und Dennis erzählt habe, ist er schon gespannt auf die beiden und findet es toll, dass wir nun wieder ein Pärchen in unserem Freundeskreis haben. Leider haben sich Katie und John getrennt, denn er war ihr zu eifersüchtig und das hat die quirlige Katie einfach nicht ausgehalten. Nach der Schule hat mich Nick abgeholt, dann sind wir gleich in meine Wohnung und ich habe das Wichtigste für eine Woche in einen Koffer gepackt, selbstverständlich haben wir Bonnie & Clyde in einer Katzentransportbox, inklusive Lieblingsspielsachen, Katzenklos und Katzenfutter in seinem Jeep in unsere gemeinsame Wohnung gebracht.

Jetzt, wo wieder Schulbeginn ist, arbeitet Nick wieder hauptsächlich im Büro seines Surf-Ladens und als Chef teilt er sich die Zeit selbst ein, manchmal nimmt er sich den Nachmittag frei, um mir beim Siedeln zu helfen, dafür arbeitet er aber auch teilweise an den Samstagen und Sonntagen.

Bonnie & Clyde waren zunächst nicht sehr amüsiert darüber, in die Transportbox zu kommen, denn das bedeutet für sie immer ein Besuch bei der Tierärztin. Es war so süß, sie zu beobachten, wie sie vorsichtig aus der Transportbox herausgekrochen sind, um dann neugierig die Wohnung von Nick und mir zu erkunden. Clyde hat sich zunächst natürlich wieder klassisch unter der Couch versteckt, doch als ich mit seinen Leckerlis geraschelt habe, hat er sich schnell wieder beruhigt.

In den ersten Nächten haben sie noch öfters bei uns im Schlafzimmer übernachtet, aber schon Donnerstag ist die neue Wohnung für sie so selbstverständlich geworden, als hätten sie nie woanders gelebt. Wir haben mittlerweile am Freitag alle meine wichtigen Dokumente und Unterlagen, Klamotten, ein paar Bücher, mein Lieblingsgeschirr und natürlich alles, was den Katzen gehört, übersiedelt und ich fühle mich bereits seit dem zweiten Abend an heimisch. In der ersten Nacht war es noch ein komisches Gefühl – ähnlich wie im Urlaub die erste Übernachtung im Hotel –, aber dann hat sich für mich das Gefühl von zu Hause eingestellt.

Wir haben selbstverständlich auch gleich meiner Cousine Mia Bescheid gegeben und beschlossen, dass sie bereits am Freitag einziehen kann, wenn sie will und sie hat das Angebot dankend angenommen. Es ist so schön, Mia glücklich zu sehen, ich habe ihr am Freitag Nick vorgestellt und alles in der Wohnung gezeigt, was sie wissen muss – von der Waschmaschine über den Geschirrspüler bis hin zum Kellerabteil, auch Katie haben wir einen Besuch abgestattet, die sich natürlich für Nick und mich freut, aber auch froh ist, dass meine Cousine Mia nun in meinem Apartment lebt. Da Katie wieder Single ist, so wie Mia derzeit, haben die beiden Single-Ladies nun gute Gründe, gemeinsam um die Häuser zu ziehen und ich weiß, dass Mia bei Katie in guten Händen ist. Sie behandelt meine Cousine wie eine kleine Schwester und wird daher auch gut auf sie aufpassen, selbst wenn sie noch so sehr einen draufmachen.

Nick und ich haben uns extra bemüht, alles gut über die Bühne zu bekommen, denn am Samstag, 8. Februar, kommt Lizzy zu Besuch. Bis dahin wollten wir mit meinem Einzug bei

Nick fertig sein, was uns auch gelungen ist. Nick hat Lizzy schon telefonisch alles erzählt und sie findet es schön, dass ich nun bei ihrem Dad lebe. Noch mehr begeistert sie allerdings, dass die Kätzchen Bonnie & Clyde nun auch hier leben. Ich kann das gut verstehen, ich bin auch total vernarrt in die beiden Stubentiger und aus der Sicht eines tierliebenden Kindes wie Lizzy ist das natürlich das höchste der Gefühle, vor allem weil Olivia ihr leider keine Haustiere erlaubt. Nun weiß sie, dass sie jedes zweite Wochenende, wenn sie bei ihrem Dad ist, auch jedes Mal mich und die beiden Fellnasen Bonnie & Clyde zu sehen bekommt.

Es läutet an der Tür und wie üblich versteckt sich Clyde und Bonnie schaut aufgeregt, was nun passiert. Nick öffnet die Tür und Olivia und Dave mit Lizzy kommen herein. „Bonnie!!!!", schreit Lizzy und läuft auf die Katze zu. Ich will schon sagen, dass sie vorsichtig sein soll, aber Bonnie kommt ihr sogar entgegen und schnuppert interessiert an ihren Händen und Schuhen.

„Das ist also die Katze Bonnie, wirklich bezaubernd", gibt sich Olivia ausnahmsweise mal freundlich.

Dann lugt auch Clyde aus der Ecke hervor, ich nehme ihn hoch und gehe langsam auf Lizzy zu. „Schau mal, Lizzy, auch Clyde möchte dir Hallo sagen, du weißt ja, dass er etwas schüchterner ist im Vergleich zu seiner Schwester Bonnie."

„Ja sicher, das weiß ich, Hallo, süßer Clyde. Du brauchst keine Angst haben, ich hab dich sehr lieb", flüstert sie und streichelt ihn sanft und er beginnt sogleich zu schnurren.

„Oh, wie liebevoll Lizzy mit den Katzen umgeht, das macht sie wirklich toll", findet Dave und Nick pflichtet ihm bei:

„Ja, unsere Lizzy ist schon ein super Mädel! Bin so stolz auf sie! Olivia, Dave, wollt ihr was trinken?"

„Nein danke, sehr nett, aber wir haben eine Reservierung in dem neuen Asia-Restaurant Lotus Flower und müssen jetzt los! Tschüss, meine Süße! Und benimm dich gut bei deinem Dad und Chloe." Sie küsst Lizzy auf die Stirn und auch Dave streicht ihr über den Kopf:

„Viel Spaß, Lizzy bei deinem Dad und Chloe und sei auch immer lieb zu den Kätzchen, ja?"
„Natürlich, das bin ich! Tschüss Mum und Dave!"
Kaum sind die beiden zur Türe raus, fragt Lizzy frech: „Darf ich ein Eis haben, bitte?"
„Na gut, meine Süße!", kann ihr Nick keinen Wunsch abschlagen.
„Zuerst füttern wir noch die Kätzchen, ok? Die beiden bekommen aber kein Eis, das ist nicht gut für die Tiere."
„Oh ja, ich helfe dir beim Füttern!"
Wir gehen in die Küche und Bonnie & Clyde folgen uns. Lizzy hält stolz einen Futternapf hoch und ich fülle ihn auf. „So, danke dir, Lizzy den stellen wir jetzt ab und dann kommt noch der zweite Futternapf. Okay, gut! So jetzt gehen wir zwei Hände waschen ins Badezimmer, dann kriegst du dein Eis."
„Hey Süße, das machst du so gut, wie du mit Lizzy umgehst", raunt mir Nick anerkennend ins Ohr und ich muss schmunzeln. Hätte mir noch vor einigen Wochen jemand gesagt, dass ich bald Stiefmutter sein werde, hätte ich diese Person glatt ausgelacht.

Nach dem Eis gehen wir mit Lizzy ins Kinderzimmer und sie besteht darauf, dass sie Bonnie ins Barbie-Wohnmobil setzt und sie herumträgt, was ihr sogar zu gefallen scheint. Clyde hingegen hat in Barbies Traumhaus Platz genommen, was Lizzy nicht zu stören scheint, im Gegenteil. Als die Kätzchen dann später einschlummern, besteht Lizzy darauf, dass ich ihnen eine Gute-Nacht-Geschichte vorlese, diesen lieben Wunsch erfülle ich ihr natürlich gerne.

Danach setzen wir uns zusammen und puzzeln mit Lizzy und ich genieße jeden Augenblick davon. Bisher war ich mir nie sicher, ob ich jemals Kinder haben will und jetzt bin ich überglücklich, dass Lizzy in meinem Leben ist. Als auch Lizzy eingeschlafen ist, ziehen wir uns ins Schlafzimmer zurück und nehmen uns Zeit für uns zwei. Mittlerweile sind wir Profis darin, ganz leise zu sein, denn wir wollen ja schließlich Lizzy nicht aus ihren süßen Träumen reißen.

12. Kapitel

Mittlerweile sind fünf spannende, aufregende, interessante und schöne Wochen vergangen, seit ich mit Bonnie & Clyde zu Nick gezogen bin. Wir meistern den Alltag mittlerweile bestens zusammen: Nick ist unser Chefkoch, ich kümmere mich um die Wäsche, den Einkauf erledigen wir meistens zusammen am Freitag oder Samstag. Ich danke Gott für unsere liebe Irina, die jeden Montag am Vormittag das Apartment reinigt und sogar hinterher den Müll mitnimmt. Irina stammt ursprünglich aus Russland, kann aber relativ gut Englisch und sie mag auch die Kätzchen Bonnie & Clyde sehr gerne und behandelt die beiden liebevoll.

Unsere Stubentiger lieben es, im Apartment herumzulaufen, genießen es, dass der Balkon hier noch größer ist, sie sind gerne hier auf dem Kratzbaum und ihr Lieblingszimmer ist eindeutig das Zimmer von Lizzy. Meine Stieftochter ist jedes zweite Wochenende zu Besuch und hat den beiden Katzen hoch und heilig erlaubt, dass sie jederzeit in ihr Zimmer dürfen. Das nutzen die süßen Tiere auch total aus und halten am liebsten ihr Nickerchen in Barbies Traumhaus, oder Barbies Wohnmobil oder auf dem Bett von Lizzy.

Nick und ich haben auch schon den ein oder anderen Streit hinter uns, meistens geht es um den Haushalt – er ist da im Vergleich zu mir sehr penibel und will immer, dass die Teller und das Besteck gleich in den Geschirrspüler eingeräumt werden. Ich persönlich nehme das nicht so wichtig und so kann es passieren, dass ab und zu verschiedene Teetassen von mir herumstehen, was Nick dann natürlich nicht so gern sieht. Seitdem ich weiß, dass ihm das so viel bedeutet, achte ich darauf und räume meine Sachen immer möglichst gleich weg.

Ich schätze meinen persönlichen Freiraum sehr und wenn ich merke, dass ich etwas Abstand brauche, ziehe ich mich entweder ins Gästezimmer zurück oder gehe alleine spazieren oder schwimmen. Anfangs hat das Nick nicht so gut nachvollziehen können, mittlerweile lässt er mir meine Freiheiten, weil er erkannt hat, dass ich dann wieder viel sanftmütiger gelaunt bin.

Unser Liebesleben ist uns beiden nach wie vor sehr wichtig und wir nehmen uns regelmäßig Zeit füreinander. Natürlich geht es nicht mehr ganz so stürmisch zu wie zu Beginn unserer Beziehung, wo alles noch so neu und aufregend war – nun ist alles vertrauter und wir sind perfekt aufeinander eingespielt. Nick fasziniert mich immer wieder, wenn er – völlig unerwartet für mich, weil ich zum Beispiel gerade in ein Handtuch eingewickelt am Abend aus der Dusche komme und mich mit Bodylotion eincremen will – mich ins Schlafzimmer geleitet. Und um ehrlich zu sein: Jedes zweite Wochenende, wenn wir alleine sind, lassen wir es immer ganz schön ordentlich krachen, vielleicht nicht die halbe Nacht, aber lange genug, bis wir beide zufrieden sind und einschlafen.

Zum Glück können Nick und ich über alles reden und unterstützen uns im Alltag, wo wir können. Während ich zum Beispiel Hausübungen korrigiere im Gästezimmer, das mittlerweile mein Rückzugsraum ist, spielt er mit den Kätzchen und wenn er am Samstag mal in den Shop oder ins Büro muss, dann übernehme ich einfach den Lebensmitteleinkauf. Nick lädt mich öfters am Wochenende zum Essen ein oder, wenn wir zu faul sind, um rauszugehen, lassen wir uns was Leckeres liefern. Ich revanchiere mich dafür, indem ich ihm einen Kaffee in unserem Lieblings-Café Seashell spendiere. Dieses Café vis à vis unseres Apartments ist einer unserer Lieblingsorte, wir finden den maritimen Look dort toll und fühlen uns hier sehr wohl.

Genau deshalb haben wir uns auch dort mit Britta und Dennis heute am Samstag, den 7. März hier verabredet. Britta und Dennis waren schon öfters bei uns zu Besuch und wir auch bei ihnen, doch hier im Seashell treffen wir uns am liebsten. Als Nick und ich uns auf unserem Stammtisch gesetzt haben, sehen wir die beiden gerade zur Tür hereinkommen. Britta ist eine 1,80 Meter große Frau mit einem blonden Pixie Cut, sportlicher Typ und meistens in Jeans und Oberteilen mit Sportmarken und Sneakers gekleidet. Ihr Mann Dennis könnte glatt der Zwillingsbruder von Nick sein, mit dem Unterschied, dass Dennis große braune Rehaugen hat.

„Hi Leute! Wir haben schon mal eine Runde Kuchen bestellt!", rufe ich ihnen freudig entgegen.

„Super, Chloe, bist ein Schatz!", umarmt mich Britta.

„Hey ihr zwei, na wie geht's euch?", begrüßt uns Dennis.

„Danke, Mann – bestens, bei euch auch alles in Butter?", fragt ihn Nick.

„Aber klar doch. Freuen uns, dass endlich Samstag ist", stellt Dennis, ein gestresster Manager, fest.

„Wem sagst du das – bin froh, dass sie heute im Shop ohne mich auskommen und ich nur am Vormittag mal kurz ins Büro musste", pflichtet Nick ihm bei.

„Ah, unsere zwei Workaholics oder was meinst du, Britta?"

„Nun lass sie doch, sollen sie doch fleißig arbeiten, sie müssen sich ja immerhin auch unsere Kaffeehaus-Rechnungen leisten können", sieht Britta die Dinge wieder pragmatisch.

Das bringt uns alle zum Lachen, denn es ist mittlerweile ein Running Gag, dass sich Nick und Dennis darum streiten, wer die Rechnung für alle am Ende übernehmen darf – beide wollen immer alles zahlen. Britta und ich mischen uns da schon gar nicht mehr ein und lassen die beiden das immer unter sich ausmachen – mal gewinnt der eine, dann der andere. Natürlich genießen wir es, dass wir so großzügige Männer haben, die uns immer gerne einladen, obwohl wir die Rechnung natürlich auch selbst übernehmen könnten.

Wenn wir uns mit den beiden treffen, dann vergeht die Zeit immer wie im Flug. Uns fallen immer so viele Gesprächsthemen ein, die es zu bequatschen gilt, meistens Musik und Konzerte, die wir zusammen besuchen wollen oder Reisen, eines unserer Lieblingsthemen. Öfters unterhalten Britta und ich uns über die Schule, das interessiert die Herren dann weniger und sie fachsimpeln über ihr jeweiliges Business. Lizzy, Bonnie & Clyde sowie Barney & Coby – die Kater von Britta und Dennis – gehören ebenfalls zu unseren All-Time-Favourite-Topics.

„Wir wollten euch noch etwas erzählen", gibt sich Britta geheimnisvoll.

„Ich bin schwanger, Dennis und ich erwarten ein Baby!"

„Herzlichen Glückwunsch, ich freue mich ja so für euch!", umarme ich Britta.

„Gratulation! Was für tolle Neuigkeiten!", klopft Nick Dennis auf die Schulter.

„Und, hast du Chloe schon gefragt?", hakt Dennis nach.

„Oh Mann, Dennis – du Plappermaul, das ist wieder typisch", lacht Nick.

„Mich was gefragt?", werde ich aber neugierig.

„Ach, Dennis, jetzt ist es dann keine Überraschung mehr", stellt Britta fest.

„Was, du bist auch eingeweiht? Kann mich mal bitte jemand aufklären?", kenne ich mich nun gar nicht mehr aus.

„Chloe, Süße, ich habe vor, dir an deinem 32. Geburtstag, am 14. August, die Frage aller Fragen zu stellen …", weiht Nick mich ein.

„Was, du meinst – also verstehe ich richtig …", stammle ich vor mich hin.

„Ja, Süße, genau das!", klatscht Britta in die Hände.

„Oh sorry, Chloe und Nick, ihr wisst, ich kann leider kein Geheimnis für mich bewahren. Tut mir so leid, ich hoffe, ihr seid mir nicht allzu böse", gibt Dennis kleinlaut zu.

„Dennis, ich bin dir sogar sehr dankbar dafür! Jetzt freue ich mich so richtig auf meinen 32. Geburtstag!", gebe ich ihm ein kleines Küsschen auf die Wange.

„Schon gut, Dennis, mach dir mal keinen Kopf", beruhigt ihn Nick.

„Chloe, Schatz, ich plane da was Tolles für deinen Geburtstag, ich werde mich da richtig ins Zeug legen, damit du auch wirklich Ja sagst. Immerhin ist es ja mein erstes Mal, da will ich alles richtig machen", lacht Nick.

„Ach so, ja stimmt, du warst ja gar nicht mit Olivia verheiratet, ihr habt Lizzy bekommen und euch dann später getrennt", stellt Britta wieder ihre analytischen Fähigkeiten unter Beweis.

„Genau, apropos Lizzy, sie kann es auch schon gar nicht mehr erwarten und fragt Olivia schon die ganze Zeit, ob sie dann auch ein weißes Kleid tragen darf", zwinkert Nick mir zu.

„Och, wie süß! Natürlich wird sie unser Blumenmädchen sein und selbstverständlich kann sie dann auch ein hübsches weißes Kleid anziehen. Aber jetzt machen wir bitte einen Themenwechsel, Vorfreude ist schließlich die schönste Freude, okay? Britta, bitte erzähl mir alles über deine Schwangerschaft. Dennis, wie fühlt es sich an, Vater zu werden?", versuche ich abzulenken.

Und so erfahren wir alles von Britta und Dennis, wie es ihnen nun in ihrem neuen Lebensabschnitt geht. Ich wünsche den beiden alles Glück dieser Erde und gönne es ihnen von Herzen, denn ich bin mir sicher, dass sie fantastische Eltern sein werden. Britta hat mir schon vor einem Jahr erzählt, dass sie eine Familie gründen wollen und ich freue mich sehr, dass es nun offenbar endlich geklappt hat bei den beiden.

Innerlich denke ich natürlich an das vorhin Gesagte und bin total überwältigt. Ich genieße mein Leben genau so, wie es ist, mit Nick, Lizzy und Bonnie & Clyde. Dadurch dass mein Ex-Freund Tom eine Heirat für altmodisch hielt, habe ich irgendwie angenommen, dass Nick es auch so sieht, deshalb habe ich das Thema immer bewusst vermieden. Es dürfte Nick aber nicht entgangen sein, dass ich oft bei romantischen Komödien am Ende vor Glück weine, wenn sich die Hauptdarsteller endlich vor dem Traualtar wiederfinden, da war ich wohl nicht sehr subtil, aber ich stehe nun mal ausnahmslos zu meinen

Gefühlen. Verstohlen schaut mich auch Nick von der Seite an und ich lächele zurück.

„Chloe, was hast du doch für ein Glück", denke ich wieder mal. Mein Lieblingsort der Cottesloe Beach hat mir meinen Lieblingsmenschen Nick beschert.

Die Autorin

Julia Metzl wurde 1983 im Burgenland geboren und wuchs dort auf. Sie hat Anglistik und Amerikanistik studiert. Heute arbeitet sie als Büroangestellte in Wien, wo sie mit ihrem Mann Gerd und den beiden Katzen Kleo und Konsti lebt.
Sie genießt ihre Freizeit. Zwei ihrer großen Leidenschaften sind das Reisen und Lesen. Außerdem geht Julia Metzl häufig schwimmen, besucht Konzerte oder schaut sich Kinofilme an. Auch das Schreiben begleitet sie schon jahrelang, selbst wenn „Chloe's Cottesloe Beach" ihre erste Veröffentlichung ist. Ihre gute Beobachtungsgabe hilft ihr dabei, lebendige Charaktere zu erschaffen.

novum VERLAG FÜR NEUAUTOREN

Der Verlag

> *Wer aufhört besser zu werden, hat aufgehört gut zu sein!*

Basierend auf diesem Motto ist es dem novum Verlag ein Anliegen, neue Manuskripte aufzuspüren, zu veröffentlichen und deren Autoren langfristig zu fördern. Mittlerweile gilt der 1997 gegründete und mehrfach prämierte Verlag als Spezialist für Neuautoren in Deutschland, Österreich und der Schweiz.

Für jedes neue Manuskript wird innerhalb weniger Wochen eine kostenfreie, unverbindliche Lektorats-Prüfung erstellt.

Weitere Informationen zum Verlag und seinen Büchern finden Sie im Internet unter:

w w w . n o v u m v e r l a g . c o m